文芸社セレクション

ひろげの立身出世物語

徳 廣茂

TOKU Hiroshige

文芸社

目次

序　章　家庭環境と出生

はじめに

本著は、一族のルーツを書き留める目的で現在自分が知り得る範囲内で括めることにしたものだ。というのは、一九〇六年、薩摩藩が琉球に侵攻し、その結果、奄美諸島を割譲することになったが、その後、島民の統治上の関係でもあったのか当時役所にあった島民の戸籍類を完全に焼却処分してしまい、先祖のルーツ等を知る術が失われてしまい、家系図を造ることも叶わない状況となっている。明治維新の立て役者と言われている西郷隆盛は、同様な方法で、韓国を統治しているが、韓国が今日、太平洋戦終了後の今日、日本国を悪玉呼ばわりしてはばからないが、我々奄美民は、全く同情に値すると感ずるのは人間として当然であろう。

自分達が血を受けた先祖のすでに死んだ人々の記録を焼却処分するとは、全く為政者として文化人種なら最低な人達であったと薩摩藩を思う次第である。決して西郷は英雄ではなく野蛮人と思わざるを得ない。

太平洋戦終戦と共に故郷から上京してきた一世達も、高齢となり、順次身罷られるようになり、都会で生活する二、三世代達は、兄弟縁者と会っても容易に行き来も叶わず、心細い限りである。そこで、せめて在世中の人々が、現代残る記憶を記録して、後世への遺物として申し送りすることは、大変に有意義な事と考えられるのである。そのような意味合いから本著の執筆の動機となったのである。

母方の家庭

母方の祖父母の家父長は重武杉であるが、ルーツは地元民で、大家族の末弟として生まれ、成人して妻オトツルを娶り、分家独立して四人姉妹すなわち、長女カツ、次女咲江、三女愛子、及び四女富江を授かった。

妻のオトツルは、現沖縄県糸満市の出身で、少女の頃に、今日でいう処の期間労働者として二兄と共に三人で、当部連集落の豪農に連れてこられ、成人した。後縁あって武杉と結婚したそうな。

オトツルは幼少から苦労してきたこともあったのか、とても働き者で、しかも武杉同様に慈愛に溢れ、信心深く、家庭は円満そのもので、四人姉妹達も両親の背中を見て育ったためか、何事にも前向きで、明るい働き者達であった。

当家の生業は、主力は小作農であったが、農閑期には、副業として漁業、染色業及び機織業などを営み、又、武杉の竹細工、オトツルと娘達による豆腐の製造販売等多角的な兼業農家だった。従って一般的な貧困小作農家とは異なり、暮らし向きには困らなかったようで、私有財産として持ち家を始め、高倉や釣り舟及び豆腐の製造具機械一式、及び五衛門風呂や三味線・小鼓等の鳴り物等があった。更に食べるために働くという感覚の家庭ではなく、精神的に心の豊かさも求めていたようで、文化面に憧憬が深く、まるでベートベンのように、武杉は耳が遠かったけれども、三味線の名手で、オトツルは島唄を歌った。日中の労働の疲れを癒すために、よく夕食後に、武杉が晩酌をしながら三味線を奏でると家族揃っての宴会が始まった。オトツルが三味線に合わせて小鼓を打ちつつ島唄を歌い、娘達が囃子(はやし)す。実に愉快な家庭であった。

私共孫達も輪に入って知らぬ間に島唄の詞を覚え、リズムを体感したものである。

そのような宴会は深夜に及んだが、隣り近所からの飛び入りで、人々がよく集まる家庭でもあった。

そのように明朗で何人の蟠りもない家庭であったので、武杉には何の悩み事もないと思われがちであったけれども、唯一大きな悩みがあった。

それは、自分の家督相続をどうするかという課題だった。

娘達に婿養子を迎えるという案があったが、小作農で富豪でも、名家でもない家柄に婿入りする男子などが居るのだろうかと危惧の念があったようだ。

武杉は実学に明るく、集落内では知恵者としての誉れも高く、手先も器用で、大工道具等も一通り揃えていて、家の増改築や修理等は自分の手で行なっていた。従って大工の神様も祀っていた。

奄美地域の正月は、新旧の二回を祝う習慣があり、旧正月には、豚一頭を家ごとに、又新正月には山羊を屠殺して祝う習わしがあるが、男手のない家庭では、解体作業等に困っていたので、他家の応援にもよく出掛けていたし、小学生の私も祖父を見習い、家畜（山羊、豚、鶏等）の解体等を上手に体得し、他家の応援に出掛けたものだ。

大工の神様は、どういう訳だか、その謂われは定かでないが、大そうに肝臓の干物がお好きのようで、正月三日の感謝祭には、大工の神前に豚の肝臓の干物を捧げる。その干物の造り方は、豚の生肝臓を湯掻き、一度、天日下で生乾燥した後に、味噌に一晩漬けて、続いて取り出して風通しのよい場所で陰干ししたものを薄く切って、お皿に盛り付け、高足しの御盆に載せて神前に捧げる。こうして準備した干物が、何ともいいようのない美味で、私は大工の神様ではないけれども、大好物で、この日のくるのが待ち遠しくて、祭の準備段階でよく味噌瓶から失敬して祖母オトツルや母カツを困らせたものだ。その都度、大騒動をしていたが、皆犯人は誰であるか承知していても、特に咎めることのないおおらかなこの家では、顔の広いオトツルが、直ちに隣り近所から調達して間に合わせていた。

神前からの祭り後の御下がりは、戸主の武杉が、家族一人一人に、お酒と一緒に一片ずつを賜わるのだが、この味は又格別だった。

閑話休題

武杉は、釣りの名人でもあり、よく近所の方々をお誘いして出漁していたが、本人は、よく釣れるが、方々は、中々成果が上がらないようだった。でも帰路に付く頃には、必ず、釣り果を等分して持ち帰るというのが習わしのようだった。兎に角、他人への気使いが行き届き、四方皆兄弟という感覚の持ち主で、誰彼となく人が集まる家庭だった。

父方の家庭

父方のルーツは、時間をかけて調査を要するけれども、母方の家と同一集落に住んでいたに拘らず、当地元民ではなかったようだ。

離島の僻地では珍しく生業は、農業や漁業ではなく、鉱工業の鍛冶屋であったことから推察して、恐らく島外からの流浪の民（俗にいう流れ者）達ではないかと考えられる。

奄美大島宇検村における初代の戸主は徳米富（とくよねとみ）であり、妻、直（なお）との間に二代目徳米長（よねなが）が授かっている。この二代目の生年月日が、一六五八年二月二日と判明しているので、奄美に辿り着いたのは、一五〇〇から一六〇〇年頃と推察される。この年間は、本土では江戸時代の末期で、関ヶ原の合戦後に大阪夏の陣や冬の陣があった頃ではないかと推察されるが、元来は、武士のための刀剣等を製造したり、宮大工等を手掛けていた鍛冶屋を運営する鉱工業者の一味ではなかったろうかと考えられる。

何かの事件にまき込まれて合戦となり、敗走して流着したのではないだろうか。どう見ても奄美での暮らし振り等を辿って見ると、ヤマト人（チュウ）のようである。

初代から二代目までの主な生業は、各地を巡回しながらの鍋や農器具の修理をする鍛冶屋で生計を立てていたようだ。

奄美の加計呂麻島には、時代はやや異なるが、平家の一門が辿り着いているが、或はその一味の可能性を否定することはできない。

部連集落における先祖の鍛冶屋跡地が集落の中心部から離れた西側の芦原山の山裾野の崖下にあるが、流れ者の余所者達は、頭初には集落中心部には入って行けなかったのだろう。ところが、三代目徳米熊（よねくま）の時代には、集落の中心地一等地に埋め立て屋敷を入手して豪邸を建築して住んでいるから年月を重ねるに従い、地元民と信頼を築いたのではないだろうか。

なお三代目米熊は優れた大工の棟梁で、住宅建築の需要があり、三代目で隆盛を極め、繁栄して一等地に豪邸を構えるまでに成功して行ったものと推察される。ところが、絶頂期に達すると、人は、心の箍が弛むものだろうか。

家庭の崩壊

大工の棟梁米熊は、隣り集落から妻女ヨシキクを娶り、四代目尚勝を授かり自慢の豪邸で暮していたにも拘らず、突然に色痴にでも惑わされたのだろうか、仕事の出先集落で妾を囲い、子供を二人、三人と産ませて本邸に寄り付かなくなったそうな。それで、本邸では嫁と姑の葛藤も重なったように思われるが、ついに嫁のヨシキクは耐え兼ねて自殺未遂事件を引き起こし、とどのつまり、ヨシキクは離婚と相成ったようだ。

そんな局面で、割を食うのは、決まって弱い幼な子である。乳離れ前後の幼な子・尚勝は祖父母に引き取られて育てられることになったようだ。夫婦の離婚で、父母抜きで祖父母に育てられる子供の将来と、家庭円満で父母に育てられた子供の将来とを比較した場合の良否は、論を待つまでもなく、明瞭である。両親の愛情を一身に受けて育った子供は、自信に満ちて生きることができるけれども、そうでない子供は、自信がなく、自分で物事を決断することができず、前向きの生き方をすることができないので、人生の途上で落伍者となるケースが多い。その理由は、人を信じることができないことや、祖父母の甘い幼児教育の間違いが引き起こすものと考えられる。実際に、祖父母に預けられた尚勝は、経済的には全く困らなかったようで、空腹に耐えることもなかったようで、そうなると、一方では孫可愛さで、祖父母は自然に甘く育ててしまい、我がままを助長させてしまう。不機嫌になると、すぐに物を与えて収めてしまう。それが世の中に出ると通用しないから自信喪失となるのだろうか。そして自分で考えて行動することができなくなるのだと思われる。

尚勝の場合も、やがて祖父母も父も亡くなり、成人したところで、自己責任で生きる年頃になると、心境にも変化が起きる。すなわち、親の財産を相続して食うのには、困らないが、こんな片田舎で一人で暮していてもつまらない。親から相続した財産の全てを売り払って現金に換え、それを持って都会で暮らそうと考えたようだ。それには、高い「志」があるのではなく、単なる物見遊山の気持ちのみのようだ。ついに前後も考えずに、意を決して、父が築いた家や屋敷を売り払い、売れない農地等は、身内に預けて金持ちの坊ちゃまは、ルンルン気分で故郷を後に上神したそうな。神戸では、それも同郷人宅に身を寄せ、下宿をすることにしたようだ。更に、就職の斡旋を頼みながら暮らしていたそうな。ところが、何ヶ月たっても就職の当てはない。当然だろう。東西南北も知らず、無学同然の若者で、何の特技もない金持ちの坊ちゃま等、受け入れる物好きな事業主など居る訳はない。そうなると身内の宿主と言えども、金の切れ目が縁の切れ目である。金持ちのお坊ちゃまを追い出しにかかり、「神戸では仕事もないから、島に帰った方がいいのでは。」と勧めたそうな。

元来が、高い志はなく、物見遊山の尚勝はその気になったが、財布にはすでに帰りの船運賃もなかったという。仕方なく宿主から借金をして帰省したようだ。

尚勝が故郷出発の時に、疑心暗鬼で見送ってくれた集落民は、見窄らしい身形で帰って来た尚勝を「それ見たことか」と、白い目で迎え、預かった筈の農地なども、証文がないのをいいことに、今更返せないと、突っ撥ねて私物化したそうな。ここにおいて尚勝は、帰省はしたものの、住むに家なく、耕作するに土地なく、孤独のうちに野宿しながら暮らすしかなかったようだ。ついで自己破産宣告をしたようだ。ここで徳家は、四代目尚勝で滅亡したことになった。

「いつまでもあると思うな、親と金」の金科玉条はここから生まれたのであろう。

方略結婚

重家の父長、武杉は、長女カツが十八歳になったのを境に、本気で婿捜しに奔走するようになり、身近かな足元をみると、甥の尚勝が、神戸から帰省して孤児同然に野宿しながら暮らしていることが目に留った。しかも自己破産宣告をしているが、甥の徳家を再興する手助けとなり、又、重家の繁栄に貢献する契機となるかも知れない。要するに、両家の起死回生を計る、一石二鳥の策が、尚勝とカツを夫婦にすることだと考えたようだ。

その考えを、同集落に住む仲良しの姉直（なお）に相談したそうな。姉直は、平素から娘ばかりの弟家族のことや、甥尚勝の独り暮らしを心配していたようで、武杉の存念を聞くや、「それは結構なこと」と賛同し、自らから仲介の労を買って出て、縁結びに及んだそうな。

ところが、一方のカツは、寝耳に水のこの話に、自分には前もって何の話もしないで「進められたのに疑問を唱え、大変に不機嫌であった。」と言う。それはカツの言う通りであろう。

カツの気持ちも理解できるが、当時の世相は、大日本帝国憲法の民法では、家父長制度があり、それによると、家父長に絶対的な権限が与えられており、娘の結婚に関しても、父長の意向によることになっていて、それも又、尊重しなければならない。

要は、父武杉と伯母直の善意に始まった縁談であるので、どこかで折り合いを計るしかない。元来が親孝行で兄弟思いのカツは、尚勝は「従兄でもあり、平素から気心は知れているし、たとえ破産宣告をしているとはいえ、毛嫌いしている訳でもない。努力により相思相愛の夫婦になれる。」と、考えていて、その縁を受諾することになったそうな。

時に尚勝二十歳、カツ十八歳の若さであった。

話が纏まると、尚勝はどこでどう工面してきたのか、翌日には、鯛一匹と、酒一升を祝儀の品として携え婿入りして来たそうだ。

こうして二人は、寝食を共にしながら、大家族の中で暮らすことになったようだ。

尚勝の婿養子入りは、老夫婦と女子供ばかりの大家族にとっては、勿論、満腔の感謝を以て迎えられ、一家の大黒柱の男子の働き手となって頼もしかったに違いない。

歳月を重ねるうちに、若夫婦は、相思相愛となり、待望の第一子をカツは懐任し、昭和十年、目出度く、長男久廣（ひさひろ）を無事に出産する。家族の喜びはひとしおで、特に武杉は、欣（きん）

喜雀躍して、文字通り、まだ首も据らない赤児を抱いて集落中を、それ見よがしに歩き巡ったそうだ。余程嬉しかったのだろう。

年寄りと女子供ばかりの家に待望の男子誕生で、活力が甦ったようだった。

久廣は、家族の期待通りにすくすくと成長して行ったようで、乳離れをした頃にカツには、第二子が授かったそうだ。しかし、カツは、どうしたことが喜ぶどころか、どうしたものかと苦悩している様子だった。「その妊娠を流産すべきか生むべきかどうか」と……。

朝な夕な、冷や水を浴びたり、高所から飛び降りたり、下腹部を激しく叩いたりの挙動不審の行動をしていたそうな。それには大きな人知れぬ訳があるようだった。

エピソード①

尚勝は、結婚前の若い頃、相撲が好きで、友人達を相手に場所も選ばず、石垣の上などでも相手をしていたらしい。ある時、何時ものように相手をしていたところ、投げられて倒れる時にしこたま背骨と大腿部を打撲したそうな。以来、神経痛を患うことになったと言っていたようだが、カツとの結婚後、カツに医者に検査して貰うようにせがまれ、診察の結果、結核の発病によるものと判明したそうな。当時、結核と言えば、特効薬のない国民病で、死を宣告されたも同然の病気だった。勿論、感染性の病気で、予防感染のためには、患者を隔離する対策が専らだった。勿論、徴兵検査ではアウトで、参戦は叶わないけれども、当時の軍国主義下では、男子たる者軍人にあらずんば男子にあらずの風潮下で、療養するにも片身の狭い思いをする時代だった。更に特効薬もないので、延命を計るには、栄養価の高い食物を摂取しつつ安静に療養することが最善とされていたので、怠け者の贅沢病とされ、精神的にも追い込まれていた病気である。

そのように恐しい病気であることが分かったので、夫が死亡して、その上に子供の口数が増えれば、大家族の死活問題と、考えたようである。そこで、まだ見ぬ子供を何とかしても流産しようと思うのも同情に値する。

ところが、その挙動不審は、信心深い伯母直によって発覚され、

「カツ、カツ、子宝というものは、天からの授かりもので、人が勝手に殺めたり、生かしたりするものではない。もしその子が、一家を救う者だとしたら、何とするか。」と……。諭されたそうな。それには、カツも信仰心に厚い父母の背中を見て育っただけに、咄嗟に我に目覚め、それ以来、

「どんなに苦労があったとしても、この子を産み育てて共に生きて行くと誓ったそうな。」

しかし、子宮に宿った生命は、そんな娑婆の騒動の事情など一切知る旨もなくて、月日の経過と共に、大きくなり、臨月満ちて無事に、昭和十二年（丑年）、一九三七年に出生した。それこそ神仏の思し召しと考えられるような奇跡で、二人目の男子次男廣茂（ひろしげ）幼名「ひろげ」の誕生であった。家族は大喜びだったが、一人カツだけは、先行きを安じたの

か、浮かぬ様子であったそうな。そこへ浮かぬカツを励まそうと、武杉が現れ、赤児と対面するなり、「この子には、お天堂様とお米の飯が付いている。」と……。上口唇にある米粒大の黒アザ（黒いホクロのこと）を指して叫んだそうな。

家族は一斉に覗き込み、「本当だ。」と言って爆笑となったと言うが、一人カツだけは笑うこともなく、本当にそうあって欲しいと祈るばかりであったという。

エピソード②

廣茂の生年月日は、届け出た戸籍上は、昭和十二年十一月一日（一九三七年）となっているが、生みの母親の証言では、確か夏の頃に出産したと語っている。

それなのに何故に秋の十一月となっているのか、疑問がある。それには、当時の慌しい世相が影響していたようである。

当時の片田舎では、出産届は、地元出身の役場勤務の職員に頼んで、届け出るのが常だったようだが、頼む人も頼まれる人も、おおらかと言うか、アバウトと言おうか、いい加減というか分からないが、あまり深刻には物事を考える風ではないようだ。カツも頼んだはいいが、数ヶ月も経った頃に、あの届けは済んだのかと思い出したように尋ねたところ、悪びれる風もなく、「忘れていた」との返事だったようで、その後、数日後に届けは済んだとの返事で、その届け出が十一月一日となっていたそうで、頼まれた誕生日も忘れてしまい、思い出して届けた月日を誕生日にしたようだ。誠にお粗末な出生届だということが判明したが、今更、確かめようもないので、それも運命の巡り合わせであろうと考え、受け入れているが、生年月日による占い等は、あまり信憑性がないと感じて興味はないが、生まれ年は、丑年である事は確かなようなので、運命を感じている。ただ成長につれて社会で履歴書等を書く機会が多くなり、十一月一日というのは、区切りがよく忘れ得ない誕生日と感謝をしており、馴染でいる。

役場職員の方々も日中戦争の勃発で、風雲急な時代で、慌しかったと善意に捕え、違和感もない。

家督相続人の決定

家父長、武杉は、二人の男子誕生は、神仏の思し召しによるもので、奇跡だ。重家、徳家の起死回生を計る絶好の機会と心得ていたので、姉直を始め、尚勝夫婦と家族全員での協議の結果、長男久廣を重家の養子に迎え、重家を相続させ、重久廣とすること。又、次男廣茂は、徳家を再興するよう徳廣茂として届け出ることに決した。それは、武杉と姉直の当初の期待が万願成就したようなものである。世の中には、「捨てる神あれば、拾う神あり」を地で行ったようなお目出たである。

こうして重久廣と徳廣茂が誕生し、同母兄弟でありながら苗字の違う兄弟が同じ屋根の下で寝食を共にしながら育てられることになった。

慈愛に溢れた祖父母や父母に大きな期待と精一杯の愛情をたっぷりと受けながら、大切な家督相続人達は、別け隔てなく育てられながら成長して行った。本著の主人公は出生当初から波乱含みで、この先が思いやられる。

父尚勝の療養と最期

二人の息子達の順風満帆な成長とは裏腹に、尚勝の神経痛が結核と判明した処で、厚い暗雲が家中に立ち込めた。

結核は感染性の病いであるから、二人の後継者達を始め、家族に感染させない対策が緊急の課題だった。

結核の予防感染はインフルエンザウイルス等の微生物とは異なり、空気感染ではないので、接触感染であるから、保菌者を隔離すること及び、消毒を徹底することが効果的のようだ。更に自己免疫機能を高めるためには、栄養価の高い食物を摂取させ、疲労させないで、安静に過ごさせることが肝要と知られていたので、大家族が結束して尚勝の結核病の看護に当ることになった。

先ず、これまで大黒柱として働いていた仕事を休業として療養生活に専念して頂くことにした。更に離れの別棟で暮らして頂く。ただし三度の食事は、その都度カツが差し入れるが、カツ以外の人々は、携わらないこと。

予防感染の立場から、諸々の対策を家族で確認仕合いながら、尚勝はいよいよ幽閉同然に別棟の離れに移り独り暮らしを始めた。別棟の離れ家と言っても、家族が住む母屋の西側に小径を挟んで建立してあるので、直線距離ではお互いに顔を見ることも可能だし、用向きの会話も可能だった。

私共兄弟が近づくと、血相を変えて追い払うのだ。従って父らしい会話等、一度たりともしたことがなかったので、小学入学前のガキ坊主達は、結核病のことも理解できなかったし、当然、父の心境などを計り知ることもできず、只管、悪態をついた。例えば、「人の父親達は戦争に行って戦っているのに、朝から晩まで寝転んで、飯ばかり喰べて遊んでいる。」と……。今日、人の親となり、当時のこのような悪態を思い返す時、父の心情を察するに、忸怩たる思いである。お許し下さい。

尚勝の療養生活で、家族の生計は、困窮を極めて行くが、それでも武杉の老夫婦を始め妻カツ及びその妹達が働き、献身的に介護に携わった。がしかし、日毎に病状は悪化の一途を辿り、一方家計は労働による賃金だけでは、補えない程の状況に陥っていたようだ。

第一章　義務教育

1　小中学生時代

時代背景と入学式

昭和十九年四月に小学校の入学式を迎えた。その頃は、昭和十二年の日中戦争の勃発が泥沼化していた上に、昭和十六年に日英米戦争が起こり、新たな戦争を仕掛けていた訳だ。

国民は拡大する戦争で、疲弊していて昭和十九年四月には、すでに制空権や制海権共に連合軍（英米軍）に支配されて南部奄美大島では、終戦間近という状態であった。

そのために、この時期には、奄美大島南部の瀬戸内町や宇検村では、昼夜を問わず空襲警報が発せられて避難騒動に追われていた。従って我々昭和十九年の小学校の入学組は本来は、須古集落と部連集落の二集落の児童生徒達が一校区の宇検村立須古小中学校を形成していたので、合同で入学式や卒業式を挙行する筈だったが、戦時中の非常時で、この年だけ、安全第一で、個別に入学式を挙行する破目になり、我々部連集落の児童二十数名は、村の鎮守の森、芦原山中に招集されて挙行された。式も三十分足らずで終了した。木陰に整列させられ、校長先生のお祝いの挨拶があり、次いで新入生の名前が発表されて短絡的に終了したように思う。何分にも上空では、米軍機がブンブンと飛びかっていたので、恐怖が先だち入学式どころではなかった。最後に、お祝いの品として、ノート一冊と鉛筆一本ずつを賜わったと記憶している。

その後の一年生達の授業は、露天下の青空教室で、両集落別個に行われた。

出生した十二年には、日中戦争が勃発し、入学式は空襲で山中挙行で、何とも戦争や闘争に呪縛された数奇な運命下に生まれた年代ではないかと思われ、前途多難が予想された。

入学早々の闘病生活

父尚勝（ひさかつ）の昇天で、大家族に憑依していた悪病魔や貧乏神は剥離したかに見えたが、父の生命を奪っただけでは、まだまだ過去の業の償いは不充分のようだった。徳（とく）家相続人の私にも前世からのカルマ（業）があるのだろうか。

悪病霊や貧乏神に呪縛された逆境に出生したのが、その運命のようである。

今世におけるひろげの使命は、逆境の家庭で修行をして受難を刈り取ることにあると思われた。

山中での入学式を挙行した翌日、いよいよピカピカの一年生として登校しようとしていた早朝の出来事だった。

起床して立ち上がろうとしたら、腰から膝にかけて激痛が走り立っていられない。立っているとその激痛で呼吸困難に陥るので、必然的に布団の上に倒れ込み、七転八倒しながら、

「痛いよ、痛いよ。」と、泣き喚き出した。

家族はその声に、一斉に掛け寄り、

「どうしたんだ。どうしたんだ。」と、抱え込んでいる膝を調べたり、さすったりするのだが、特に外傷の形跡もないので、皆、困惑するばかりであった。すると、カツから、

「誰かすぐに直(なお)伯母さんを呼んできて。」と、の声がした。

誰が掛け出して行ったのか、しばらくすると、頼みの直伯母さんが現れ、カツの話を一通り聴き終わると、服を脱がせて、膝から背中を触診しながら検査を始め、そして一瞬、「あーっ!!」と、声がしたかと思ったら、その手の動きが、背中の尾底骨付近で、「ぴたっ」と止まった。

「この子の膝の痛みは、ここからきている。」と、喝破した。

脊髄の尾底骨付近が変形しているというのだ。次いで、「その部分にお灸をした方がよい。」と、指示をした。お灸の準備をカツに命じた。突然にお灸と言われてショックを受けたのは本人である。「何んでなんだ。」

幼い頃に「悪さをすると。お灸をするぞ。」と、よく戒めに聞いていたが、私は何も悪いことをした覚えはないのに…。」と。思った。

もう只事ではないと察せられた。

お灸の恐怖で、もう膝の痛みも消えたような錯覚を起こし、何とかお灸から逃れたいと思っていた。でも、布団の上に俯せていたのが、運の尽き、すぐにお灸の準備が整い皆に手足を押さえ込まれて身動きできない状態、それはもう覚悟を決めるしかない。

一方では、お灸でその痛みが本当に治るならするしかないだろうと、観念していた。しかし、その痛いお灸を本当にされるのかと思うと、情けなく、悲しかった。

生まれて初めての成長盛りの柔らかい身体にお灸をされるのかと思うと、「焼き殺さないでくれ」と、祈るばかりだった。

いよいよフテイ（モグサの方言）が千切られて患部の周りに載せられ、線香で点火された。もうその様子を眺めているだけで、心臓が破裂しそうで、パクパク高鳴っていた。

ついに載せられたフテイに点火されたようだ。最初は白い煙を上げながら燃えているようであったが、それが消えたと思ったら、赤い火となって消え行くが、最後に火の熱が皮膚を焦がすようにして身に滲み入るのだ。

「痛いよ。痛いよー。」と、悲鳴が反射的に上がる。身体が硬直し、暴れるのだが、それを皆に押さえ込まれる。

悲鳴を聞くと、カツは、反射的に手心を加えようとするが、側で見ている直伯母さんが透かさず、

「カツ、カツ、この子の病気を治したいのならば、昔から『可愛い子にはウーヤチョ』という言葉通りにしないといけないよ。」

「ウーヤチョ」というのは、「大きなお灸」の方言だが、可愛い子供に手加減をしていたら病気を治せないとの戒めの言葉である。

側で激励されるので、カツも心を鬼にして汗だくで懸命にお灸をする。

短時間で効率よくお灸をしているようで、すなわち、患部の周囲にフテイを載せて一斉に点火する（いわゆる連灸といおうか）ので、もう息が継げない。伏せて両手、両足を押さえ込まれて息苦しい上に、背中で連灸の痛い灸を据えられるので、酸素欠乏症になり、脳細胞も弱まり、意識が朦朧としてくる。

お灸の熱で身体は加熱されるので、身体は体温調節をしようと盛んに発汗する。そのために自然に脱水症状を起こし、もう喉はカラカラである。ついに、声がかすれて、泣けど涙も乾いてしまう。

何とも残酷極まりない荒療治だろうか。体力の消耗も激しい。それでは焼き殺された方がマシであると、思う。まるで阿鼻叫喚地獄だ。

お灸が一通り終わったのは、お昼前であったので、初登校は、休校として病状を見守ることとした。

お灸で一時的に膝の引き付けの痛みは鎮まったが、午後には、膝の痛みに伴い微熱が出てきたので、翌日は医者に行くことにした。

当時、宇検村は無医村であり、医者の診察を受けるためには、旧古仁屋町や旧名瀬市に（現瀬戸内町や現奄美市）に行くしかなく、日帰りは古仁屋に行くしかなかったが、そのためには、四～五百メートルの南郷山を越えて、部連集落と背中合わせの古志集落に出て、そこから船に乗り継いで行かなければならない。古志から古仁屋行きの船便は、午前八時出港である。距離的には、約四キロ程だったが、車のない時代で、道路は、石塊だらけで、道の中央が裂くれた山道の南郷山の峠を越すのは、難儀この上ない。当日はまだ明けぬ午前五時頃に、母に背負って貰い出発した。通常の、平坦地なら大人が約一時間程で歩ける距離だけれども、小学校に入学したばかりの子供を背負い、条件の悪い山道を行くのは、想像を超えるものがあった。

坂道にかかると、いよいよ母の青息吐息が背中から伝わり、同時に上下に揺れ動くので、その度に昨日のお灸で水腫れになった所が破水するらしく痛み、痒いので気分が悪い。でも、船の出航時間を気にしながら青息吐息で懸命に歩いている母を思うと、痛みも痒みも口に出せないで我慢をする。

出発から約四十分程で峠に辿り着き、眼下に古志集落が見えた。母が後は下りだから、

「一呼吸を入れよう。」と、背負い紐（方言ではきゆうび）を解いてくれた。

汗ばんだ衣服の前後に涼風を通し、又我慢の放尿を済ませて再び背負ってもらい港へと急いだ。汗が冷えてやや寒気を感じたが、背負われて、母の温もりで生気が心身に蘇った。

峠を下り切った所で川に交った。橋のない川を注意しながら渡り、川沿いに開けた道路を下りて集落に出た。更に通り過ぎ切った所で桟橋に到着した。

桟橋には、ポンポン船が係留しており、四、五人の乗客らしい人々が談笑しながら出港を待っている様子である。私共親子は予想外に早目に到着できたので、出港までには間があったが、乗船して待つことにした。

二人の居場所を確保して一安心、背負紐を解いて貰った。早朝の潮風が疲れを癒した。体温の低下で足腰が硬直、麻痺しないようにと暖に留意して座した。一息入れて待っていると、やがて定刻となり、船は静かな港にポンポンと音を響かせながら出港した。大島海峡に出ると、急に船の揺れが大きくなり、波路も打ち消され、舳先には、波飛沫を受け、心地よかった転た寝は消し飛ばされてしまった。

向かい風であったが、約一時間足らずで古仁屋港に接岸できた。帰りの出港予定は、午後二時である。親子は、その時間までに間に合わせようと、接岸するや医院へと急行した。

幸いに待ち時間なしで受診して頂いた。

診察の結果は、心配が的中することになり、結核菌の感染による脊髄カリエスの発症と告知された。無情であるが、現状では、これと言った特効薬もないとのこと。

父の生命を奪った結核菌ということで、もう死を宣告されたも同然で、声も出ない私は、滅入り唖然たる思いだった。そして延命のための唯一の民間療法がお灸というのだった。

その瞬間から私は、もう死の恐怖に激しく苛まれた。

帰路、母は、寡黙な私に、初めて言葉をかけた。それまでは一切、私の病気の話をしなかったが、私に余計な心配をさせたくなかったのだと思う。でも医者の診断結果が出た以上、しっかりと闘病生活をさせようとの決意の現れであっただろう。

「チャン（父の方言）の病気が移ったのだね。でもチャンは死んでしまったけれども、廣(ひろ)茂(しげ)は絶対にチャンの道連れにはさせないからね…。」と、強い決意が告白された。

勿論、私も死ぬ位ならば、どんな痛いお灸でも逃げずにやる覚悟はできていたので、二つ返事で応じた。

帰路は、大変に重い足取りであったが、親子は、夕暗迫る頃、無事に家に辿り着いた。

翌日から、親子は闘病生活の日課の消化に早速かかった。

闘病生活の日課

起床後、朝食を摂り、お灸を午前中一杯。

午後は、昼食後、昼寝三十分～六十分静養、日光浴約六十分。

原則母は、午前中仕事を休業。特別な事情がない限り、毎日続ける。午後母は農作業。

小学校に入学したばかりで、楽しみにしていた学校を休校して毎日お灸に明け暮れる。

お先真っ暗な闘病生活で心細い。しかし、「一日でも長く生きたい。」し、「死にたくない。」という思いは強い。覚悟はできている。

祖父武杉（たけすぎ）は、雨天の日には、私の枕辺の廊下で、竹細工をしたり、釣り道具の手入れをしたりしていたので、私の具合がよい時には退屈凌ぎに、武杉じいさんの作業を飽きずに子細に観察させて貰った。又、時には、竹細工や釣具の手入れの手解きを受けさせてもらった。

祖父は、自分の仕事を私に教えることを楽しみにしている様子で、私の体調を見計らっては、デモンストレーションで竹細工をさせてくれたり、更に、釣り船を出して釣りの手解きをしてくれた。

それらが度重なり、すっかり興味を覚え、熱中し独りで、小舟を操り出漁したり、独自の創意工夫で、煙草盆や鳥篭等を造るようになり、物造りの楽しさを育んでいった。

後に私は、有機合成化学者として世に出て生計を立てるが、その原点は、この闘病生活にあったことは間違いない。又、この頃、祖父の釣り道具を借りて単独でよく出漁することの楽しみは、小舟を操りながら海岸線沿いに広がるサンゴ礁に棲息している魚群を観鏡桶（海底を見るための鏡桶）を覗きながら観察することだった。その結果、祖父の縄張りのポイントとは違う処に、新たに自分独自のポイントを発見し、釣果として金メダイなどを五、六匹持ち帰っていたので、祖父も、すっかり脱帽していた程だった。でもそのポイントは、祖父と言えども、どんなに尋ねられても教えることはしなかった。後に私が、実験化学者として研究に携わることができたのも、この頃の自然の観察の経験が原点にあったのだと思う。

総じて化学者德廣茂博士の誕生は、祖父武杉の実学教育の賜物であったと言っても過言ではない。

閑話休題。

さて闘病生活であるが、来る日も来る日も同じ壺にお灸を据え続けるものであった。壺は、水腫、破水、損傷、出血のお灸のパターンが繰り返されるので、次第に火傷の跡が刻まれ、皮膚がケロイド状となって盛り上がり、さながらクレータ状となり、背中から腹側に向けて穴でも空くのではないかと、思われる程に徹底的にお灸が続けられた。

そうすることによって身体の免疫力も高まったのだろう。さすがの結核菌も音を上げざるを得なかったのだろうか。身体を蝕むことができず弱ったのだろうか。お陰で微熱もなく、腰の痛みが消失すると共に、膝の引き付けも和らぎ、立ち上がり、かなりの距離歩行できるようになったし、少々の運動も支障がないようになっていった。だが激しい運動後には、身体が衰弱するのか、結核菌が復活するようで、腰や膝が痛んだ。

このようにお灸の効果が目に見えて確認されると、いよいよお灸への意欲が高まっていった。この頃だ。身体に感染した結核菌と自分との生死を賭けた戦いは、お灸は痛いし、苛酷な荒療法で、甚しく体力も消耗するけれども、結核菌の増殖を阻害する有効な一つの明瞭な方法であると確信するに至った。その上、母の「お灸を据えて死んだ人はいない。」の言葉は、大いに勇気を与え、激励となった。更に又、摩訶不思議な経験を覚えたというのは、当初はあれ程痛かったお灸も、我慢に我慢を重ねて忍耐強く徹底的に実施していると、痛神経が焼け焦げてしまい、痛神経の機能が消滅してしまうのか。或いは、「心頭滅却すれば火もまた涼しい。」の諺通り、「痛い、痛い。」とさえ心で思わなければ、「本当に痛くないのか。」という課題を育んだ。要するに、人間という生命体は、心と肉体から成り立ち、心を制御できれば、その反応に従い、肉体は自ずから順応するかのように感じられた。そこで、自分の身体を痛みつけているのは、肉体を蝕む悪しき生命体、憎い生命体、憎い結核菌を根絶するためには、お灸で焼き殺すしかないのだと確信した。

人間としての自分を生かすためには、細菌と自分という生命体の中心にある「心」との戦いであるとの認識を持つことによって、無痛お灸を実践推進することができるようになった。こうして胃腸炎などで腹痛を起こすと、自分でお灸を据えるように進化した。

終戦で生命拾い記念日

昭和二十年八月十五日、あの忌わしい太平洋戦争が敗戦により終戦となった。お灸のお陰で、発病以来、足掛け二年数ヶ月間、よくも死なずに、この年まで延命することができた。特効薬の抗生物質が入手できるようになり、一命を救うことができた。・・・チャンは結核菌の餌食になって生命を奪われたけれども、私は負けなかったのだ。神様、仏様、生命を有難度う御座居ます。今度こそ、競争相手の結核菌を完全に我が身体から根絶撃退するぞ!!

終戦と同時に、沖縄の米軍駐留基地に就職していた叔母愛子(あいこ)に連絡して、ストレプトマイシンと注射器を送って頂き、母カツはお灸の代わりに筋肉注射をすることになった。一日一本の注射で、一瞬の我慢で、一ヶ月程で薬効が出てきたようであった。

終戦記念日(一九四五年)は、私にとっても記念すべき日となった。起死回生の記念日である。

ストレプトマイシンを二ヶ月程注射してから名瀬市の県立大島病院でレントゲン撮影、検査をして貰ったところ、石灰化しているので、完治しているとのお墨付きを頂いた。やっとこれで生きた心地を取り戻すことができた。

お灸の苦しみからも解放され、薬の有難さが身に滲みた。後は体力の回復を待つことである。私は科学への報恩を忘れない。私が後に化学療法剤の研究・開発に従事するようになったのは、ここに原点があった。

無念のうちに、愛する子供達とも死別しなければならなかった親父の分まで長命して人のため、世の中のために精一杯尽くすために授かった生命を捧げたいと思う。

私には、神仏の御加護と我慢と忍耐と運があったのだ。

そして今世での使命もあったのだろうか。

小学三年への復学による受難

私は、結核性脊髄カリエスを克服して復学することになったとは言え、約二年間に及ぶ発育盛りに、大患による体力の消耗及び休学中の一、二年の勉強の補習があったのでもなく、三年生への復学には、大きな問題があり、不安もあったが、母や家族は、何の配慮もなく、飛び級同然に小学三年生に復学させた。

その上、病気の後遺症として背骨から膝にかけて神経痛があり、更に抗生物質の副作用のストマイによる難聴等もあり、要するに健常者とは言い難い、一種の身体障害者であることを一切斟酌しなかった。教育とは、学校に通わせて卒業させればよいというだけの考えしかなかったのではないだろうか。仮に学力や身体状況を配慮することができる家庭であれば、以下に述べるような受難は避けることができたのではないか。例えば、戦後大陸から引き揚げた家族の子弟では、勉強が遅れたと称して、同年齢の地元の学童達の学年よりも一、二年遅らせて就学させるのが常だった。それを思えば、吾が家でも当然そうできた筈である。しかし、実際には三年に復学させた。

そうした背景には、母カツの学校教育への理解度や家庭の事情等の影響があったものと推察される。要するにカツ自身、四人姉妹の長女として出生していたので、次々と出生する妹達の子守りをさせられて当時の尋常小学校も真面に通えず、学校は自分のために勉強をする所と言うよりも、義務的に卒業さえさせればよいのだと考えた節がある。更に貧困母子家庭の悲しさか、「貧乏暇なし」の諺通り一日でも早く卒業させて、家の働き手となって欲しいが本願だったのではないだろうか。そうでなくても、早く自立して自分の食い扶持位は自分で稼いで欲しいと思っていたに違いない。

三年に復学したはよかったが、体力は、同学年生には及ばず、一年生以下で、学力も又、一年生と全く同じで、同学年の三年生とは、体格、体力及び学力共、親子程の格差があったのだから不安を覚えない訳がなかった。しかも、負けず嫌いの性格である。

心の風邪・うつ病の受難

当時、部連集落と須古集落の児童生徒が通学する宇検村立須古小中学校は、部連から約三キロ、須古から約一キロの距離の焼内湾に面した中浜地域に設置されていた。

更に当時の登校は、集落毎に、上級生達が下級生を引率する態勢で、先頭に下級生、後尾に上級生を配し隊列を組んで集団通学していたので、その隊列中に一人でも遅れる者が出ると、全員が遅刻することになる。そこで上級生達の連帯責任となるので、具合の悪い者が出ると、上級生達は、その者を激励すべく、荷物（鞄）を肩代わりしたり、それでも隊列に遅れる者は上級生達が交替で背負ったりして通学していた。

私は、通学当初から自分の体力が一年生以下であることを察して心配し、先輩方に迷惑を掛けることに心を痛めていた。そのために頑張って遅れまいと歩行を続けると、腰から膝に掛けて硬直化して足が縺れて転んでしまう。どうしても背負って貰うことになる。

隊列から遅れるのも、背負われるのも嫌な私は、大いに困惑し、心苦しかった。

ところが、下級生の中には、私が背負われる様子を見て、態と、「足が痛い」と仮病を使って上級生達に背負われる者が現れ、私は唖然たる思いで、心を痛め、自分が仮病だと受け止められていると思うと、そのずる賢い輩を人として許せないと思い、登校の度に悩み続けていた。ところで、四苦八苦しながら登校した学校での勉強はというと、一年二年の休学で、白紙同然の学力であったので、ひらがなで書かれた自分の持ち物の名前さえ読み書きができなかったし、1、2、3の数字さえ読み書きがままならなかったので、三年生の同級生と学力の点でも大きな格差があり、同席しているだけで、先生の質問に全く答えることができず、本当に惨めな思いをしていた。しかもそれが、月、火、水、木、金、土、と続くのだから、どんな人間でも可笑しくならないのが不思議な位であろう。更に、休み時間といえども、同級生達は、お互いに和気藹藹に会話を交わし、息抜きをしたりしているが、馬鹿な私には、話しかけてくれる者もなく、又、自分から同級生達に話しかける勇気も出ず、仲間に入っていけない状態だった。おまけに体育の授業では、皆んなの体操を参観するだけで、参加できず、全く退屈でつまらない。偶々徒競走に参加すると、決まってどん尻で、しかもゴールで必ず転けて笑い者になった。

このように一事が万事自己否定されることばかりで、自分自身、よかれと肯定することが全くないので、心が沈み、塞ぎ込むようになってしまい、ついに自尊心を失い、自暴自棄に陥っていったのだった。

私は、尊敬する祖父の戒めの一つに「他人に迷惑を掛けない。」ということを教え込まれていた関係もあってか、「仮病を使って背負われる。」ということには、大きな衝撃を受け、今日でも癒えないトラウマとなっているが、要するに自分に甘い、嘘をつく、不真面目な人間が性に合わないようだ。況してや子供のくせに…。今から要領を覚えようとする輩は、世の中に役立つことは先ずないと思うのだ……。

雨天の場合には、上級生達への迷惑や皆さん方、一緒に登校する同級生達への迷惑を慮って登校せず休校にした。

このたまの休校は、疲労困憊の心に潤いをもたらす反面、遅れた勉強をどうして取り戻せるか考えるようになり、その答えを見出せず、休校によって益々同級生達との勉強の差が大きくなっていくのではないかという恐怖心に襲われる始末だった。

「何のために学校に行くのか」という疑問が生じ、その答えは、強いて言えば、「自分の馬鹿を皆んなに曝け出すためか」と…。

ここまで苦悩すると、行き着く先は、登校拒否児童である。

一年は三百六十五日、長いようで短いものだ。暗中模索、五里霧中の内に彷徨っていたら何時しか小学三年の期末となった。

小学三年の期末の修了式

小学三年の一年間は、悪戦苦闘した年だったが、初めての学校生活で弥が上にも、下級生や同級生達と、体力や学力を比較することになった。その結果、大人と子供程の格差があることを思い知らされ、自虐的になり、登校目的すら失い掛けて登校拒否児童に陥り、心の風邪・うつ病になりかけたが、何とか期末になり、修了式で、一年間を乗り越えることができ、救われた。パンパンに張り詰めていたガス抜きをすることができた。同時に自己反省し、新たな四年生を迎えられると思ったからだ。

ただし、休みに入ると喜んでばかりでは済まされない。通信票を頂くので、それを親に届けなければならない。これ又、苦痛でならない。自分にも誇りはある。

どうせ成績評価は、通信票を見るまでもなくオール可に決まっていると、考えていたし、それを拒否する訳にもいかないので、持ち帰り、母カツに手渡した。

私は、その時の母の挙動を具に観察していた。

カツは通信票を開いて見るなり、

「こんなムジャハヌスを作ってきては喰えない。」と、苦々しく眉をひそめて閉じ、祖父武杉に「ポイ」と渡した。「ムジャハヌス」というのは、虫喰いサツマイモの方言である。食糧にならないのだ。

その様子から私は母からも匙を投げられ相手にされなくなったと思い、この家でも自分の居場所がなくなったと考え、一層滅入った。ところが、母から通信票を受けて見ていた祖父武杉は、無言のまま見入ってから、平然として誰に言うともなしに、次のように、呟いた。

「皆可でも仕方ないだろう。だって廣茂は病気を治すために、一、二年を休学して勉強ができなかったのだから…。怠けて勉強をしなかった訳ではない。やっとやっと病気が治って通学しだしたのだ。」と…。そして更に、「努力に勝る天才なし、との言葉もある。廣茂だってこれから一生懸命に勉強すれば必ず一番になれるさ…。」と。でも私は祖父が単なる気休め、慰めでそんな発言をしたと思ったので、馬耳東風と聞き流していたところ、

「だって廣茂は、先生や大人だってできないような竹細工で鳥篭を作ったり、魚釣りも誰よりもできるではないか。」と…。

この祖父の学校の文字勉強とは無縁の日常生活における自分の特技を取り上げた言葉は、硬直していた私の心の琴線を激しく共鳴させ、一筋の光を射し込んだようだった。

というのは、闘病生活中に、縁側で竹細工をしている祖父の技術や方法を枕辺から具に観察し、実技指導を受けてすっかりマスターしていたし、また釣り道具の手入れ、準備、舟漕ぎ等もお手のもので、単独で出漁し、祖父とは別のポイントを発見していて、釣り名人の祖父にも劣らない成果を挙げていた。従って私もそれらのことには誰にも負けないという自信とプライドを持っていた。

よって尊敬する祖父の言葉は単なる慰めや同情のものではなく、自分の真価を見極めた上の言葉であると、考えられた。今まで自己否定ばかりであったのが、初めて祖父によって自己肯定することを見付けた。

この事実が、その真価が、暗闇の心の琴線を激しく共鳴させたのだ。

九死に一生を得たような祖父の忠告で、瞬時に全身の静止していた血液が覚醒して、循環を始めたような感覚を取り戻した。

それまで、私は、学友達の素晴らしい面ばかりに、見とれて、自分のよい面を見失って自虐的になり、卑屈になっていたようだ。

学校の遅れた勉強について深く考えることをしなかった私に、祖父の言霊は、これからの勉強に対し、「やれば必ずできる。」との自信を投ずる一石すなわち一転語となった。

この日を境に心機一転して、仏教用語でいうところの「前後を截断することができ、目の鱗も剥れ、今までの呪縛から解脱し、自分から発奮・努力して勉強すること。」すなわち自家発電の大切さも自覚するようになった。

自我への目覚めと勉強への挑戦

小学四年時、祖父武杉の激励で心の蟠りを払拭した私は、今まで停滞し、うっ血していた血液が循環しだし、自家発電して次々と行動を起こした。

祖父曰く。

「事始めは、最初が肝腎だ。」という。それは、熟慮して持続可能な計画、目標を立てることであった。私の場合は、闘病で勉強できなかった一年と二年の勉強を、先ず克服することが第一であった。といっても今更一年や二年に入り直して勉強する気にもならないと思われたので、遅れた分を四年生の勉強と並行しながら克服しようと考えた。しかし、具体的には、四年時の授業を予習、復習をすることによって疑問をみつけ、四年時の勉強でそれを解決して修得する方法しかないだろうと考えた。けれども、それも一人では、三日坊主にならず、「継続して勉強していけるか。」の課題があった。そこで、私の勉強の相手になれる、家人以外の人が、先生でもいるといいのだがと考えていたところ、そこへ四月の新学期から四年生を担任する予定の嶺岡先生（以降M先生と称す。）が、お隣の昌谷二次郎さん宅に、下宿することになったとの新情報が伝わってきた。

私は、それは、神様「求めよ、さらば与えられん。」のご加護の賜物と受け止め、すぐに母に相談をした。

「夕食後、一時間でいいから私に国語の勉強を教えて貰えないだろうか。」と…。

母はすぐにM先生を訪ね快諾を持ち帰ってきた。今日のように塾などがない片田舎での勉強への挑戦の始まりだった。

後に私は、学問で生計を立てることになったが、その原点は、M先生の国語の勉強にあった。

善は急げで、その日から心を入れ換えるために、今まで塵だらけだった机や周囲を清掃して心を引き締めた。そしてその日の夕食後からM先生が、次の任地に赴任するまでの約三年間、無遅刻無欠席で通い続けた。

お陰様で、私の勉強は順調に進み、当時制度化された優等賞に並ぶ賞、教科賞の「図工と国語がよく出来たで賞」を、四年生の修了式で受賞することができた。

それは、あの一年前の三年の苦悩を思えば、夢心地で、奇跡が起こったのかと思われ、私に「やればできる。」との自信を与える忘れ得ぬ「初めての受賞」となった。

小学五年、そうなると、一年前の心の風邪、うつ病など何だったのだろうと思う程で何事も前向きで、活動的になっていった。

自分で努力、勉強する習慣を心得た私は、五年生以降も着実に予習・復習を続けやっと、同級生とも同席で勉強ができる状態を取り戻した。そして五年生の修了時には、教科賞「国語と算数」を受賞することができた。

小学六年時、心の健康回復に伴い身体も又、反応し、相変わらず下半身の運動は不自由ながらも、気にしないで上手に対応できるようになっていった。そして、体力の増強で、持久力も向上していったので、登下校も、上級生達の助けを借りなくても通学できるようになっていた。ただし激しい運動はまだ無理だったが…。

この時期M先生の転勤があったが、勉強の方は、その後一人で予習、復習を習慣化して、早朝に続けていたので、小学一、二年の遅れた勉強は、マスター、払拭することができていた。そして六年の卒業式では、初めて優等生にも推挙され、目出度く優等賞を受賞することができた。

こうして小学校低学年での出遅れた勉強は、小学校卒業までに、弛まない努力によって克服できたが、その間は、朝から晩まで、机にかじり付いて勉強ばかりをしていた訳ではない。

生活習慣として早寝、早起き習慣が身に付いていたので、四~五時頃起床して十分~二十分間机に向かって予習、復習をするだけだった。それを習慣化したのだ。勉強も一度習慣化すると、先ず勉強をしなければ、一日が始まらない。その間には、母が、朝早くから働き、夜遅くまで働いても満足に食べられないので、自分ながら少しでも手伝いができないものかと考え、大人達の仕事振りに関心を持ち、夏休みなどには、農作業を手伝ったり、山に入って竹を切り出して竹細工をしたり、小舟を操り、海釣りをしては、自由自在に仕事とも遊びともつかないことに、休む間もなく、熱中して動きまわっていた。

　大自然の中で自由奔放に、太陽光を浴びながら過ごせたことが、病弱体質を鍛え上げるのに役立ち、又後々に自然科学の研究者としても役立ったと思われる。言い換えれば、私が有機化学者として世の中に出るようになった原点は、奄美の自然によって育まれたと言えるのではないだろうか。豊かな自然の中で、思い切り遊んだからではないだろうか。要するに、それが祖父の言う実学でもあるのではないかと思う。

　祖父は、文字学問の素養はなかったけれども、竹細工、日曜大工の手解きをする時に、適切な故事や金科玉条及び諺などで、私に知恵を授けてくれた。そのために、覚えることも早かったし、忘れないで記憶できたと思う。例えば、薪割りを手伝っていると、「木根、竹裏（キモト、タケウラ）」と教えた。すなわち、木を割る時には、根元から、竹を割る時は、反対に裏（梢の方）から根元へ割ると上手に割ることが出来ると話した。実際に試してみると、上手に見事に労せず割ることができた。この諺は、都会生活でも大いに役立った。更に「家慣れど、外慣れ。」（ヤーナレド、ハーナレ）だが、意訳は「家で種々なお手伝いができない者は、外の社会に出て他人の前で、堂々と自信を持って仕事をすることはできない。要するに、家庭は、子供が一人前の社会人になるための教育の場であり、訓練の場ということで、従って家庭でよく手伝いをする子供は、社会に出て役立ち、仕事も出来るというのだ。私にも祖父は積極的に実学の手解きをして教えて頂いたのだと感謝に耐えない。

このような実学の祖父の薫陶のお陰で、闘病生活後の復学の際には、学校の文字勉強は同学年生達に後れを取ったけれども、社会面における実学という面では、私の方が同学年生達よりも先行していたものと思う。その自信があったからこそ、遅れた勉強も自助努力によって挽回できたのだと考えている。

祖父は、私の最高の尊い実学の家庭教師であった。

遠い思い出となったが、あれは確か小学四年生の時だったかと思うが、母カツから畳二枚程の畑を借り受けて、さつま芋の栽培試験を行なった。

それも朝早く起きて勉強の後に、登校するまでの隙間の時間に、一連の作業を行い、植え床を整えてさつま芋の蔓を植え付け、約半年間朝夕観察しながら管理して、見事なさつま芋を収穫することができた。その時の達成感は、何物にも代え難い喜びだった。そればかりではない。自然の不思議や神秘体験をすることができた。

蔓を植え付けて、二、三日は、特に日中は、葉っぱが萎れて枯れてしまったのかと、心配していたが、翌早朝に畑に行き観察してみると何と、見違えるように、夜露で萎れていた葉っぱが、満天の光を浴びるべく生き返っていたのです。その頃にそっと蔓の土地を掻き分けてみると、葉っぱの付け根のところから白い小さな根毛が出ていた。こうして生命の躍動を感じたが、次に植付け後三ヶ月頃に地下茎を掘り起こしてみたら、小さな目的の芋子を発見することができた。

誰かが芋を夜中に埋めた訳でもないのに、この芋は一体どこから来たのかと疑問を抱いた。「何故、どうしてか。」の問いが頭の片隅に深く刻み込まれることになった。

顧みると、この時に流した無垢な汗が、私のその後の運命を決定付けたと思われます。というのは、大学卒業に「有機化学者」として糊口を凌ぐことになったが、研究生活では、偶然にも、結核の恐怖もあり、病める人々を救いたいとの考えから、化学療法剤に専念した。だが、退職で止むなきに至ったが、光合成反応こそ、未来の食糧難を切り拓く鍵と考えているので、生まれ変わったならば、是非この「光合成反応」を研究したいと思っている。

ひ弱な子の将来を憂う母心

母カツの口癖は、「ひろげは兄や妹のように身体が丈夫ではないから、同じような重労働をして生計を立てていけないので、頭を使う仕事、要するに今日でいう『頭脳労働』で生計を立てるようにしなければいけないね。」であった。だが、この頃の私には、具体的に頭を使う仕事とは、どんな仕事なのかはよく分からなかった。でも漠然とではあったが、農水産業ではなく、役所の職員や学校の教員などの公務員の事ではないかと考えていた。

実際に学校の体育の時間や運動会等では、同級生達と同様な活動ができなかったので、母カツの口癖は、当然だと共感をしていたから、その言葉を自から胸深くに刻み込み、問い続けることにしていた。きっと義務教育の六年生の卒業間近で、私の将来を気遣って心配しているのだと思った。

中学生の時、勉強は弛まず続けていたが、海、山の自然や生き物等に対する好奇心が高まり、日曜、祭日及び夏休みの殆どの時間、海に熱中する理科好き少年になっていた。日焼けで真っ黒け、目だけはきょろ目の少年だった。

蛇の脱皮よろしく、腕は常に脱皮中であった。他方、学校の勉強は習慣化していて、朝十～二十分で終わらせた後は、自分の興味や遊び、交友関係に時間を充てていた。

中学校の勉強も順調に進化したので、一年から三年生の卒業まで、各学年で優等生だった。いよいよ義務教育卒業後の進路を決めなければならない時期になったのだけれども、嬉しいことに、三年の卒業時には、優等生に加えて、無遅刻無欠席の精勤賞を初めて受賞した。それは私にとっては、不安だった健康問題に自信を持つ契機となったのだ。しかし、中学校を卒業して就職する自信はなかったし、平素から母カツが言う「頭脳労働」の答えを見付け出すまでは、勉強を続けたいという希望を持っていたので、中学校卒業後に高校受験をして合格する必要があった。

それは貧困母子家庭で、小中学校の義務教育とは異なり、最も難しい課題のように思われた。高校は親元を離れて街の高校に進学して勉強しなければならないからだ。

経済的には、授業料や下宿代もかかるし、果たして通学が出来るのかが不安だった。でも私は、どうしても高校へは進学したいと考えていたので、先ずは、普通高校と定時制の公立高校を受験した上で母と相談しようと考え、両校を受験したところ双方に合格したので、何れの高校に進学すべきか相談したところ、母は即座に「ひろげの今の身体では、まだ昼間働きながら夜学に通うのは、無理だから、普通校にしなさい。」との返事だった。

「お金の方は、自分が働いて仕送るから、心配しないでいい。」と…。

私はできれば、進学校の普通校に進学したい希望であったので、感謝と決意を込めて、進学校への入学手続きをさせて頂いた。

こうして私は、昭和二十八年三月宇検村立須古中学校を卒業と同時に、名瀬市（現奄美市）で自炊生活をしながら通学するために、転居し、同年四月に、鹿児島県立大島高等学校の入学式を迎え、三年間の高校生活が始まった。

2　高校生時代

高校時代

昭和二十八年三月、片田舎の新制中学校を卒業すると、同年四月には、主都名瀬市に在る鹿児島県立大島高等学校に入学した。

我が奄美郡島では時代の大きな転換点だった。

時代の背景

昭和二十年八月十五日の終戦後、サンフランシスコ講和条約が締結され、ポツダム宣言が採択され、結果、南西諸島のうち、奄美諸島以南は日本本土から分離されて米国の信託統治下に委ねられることになった。その後、同二十八年頃から島内外で呼応して島民による復帰運動が高まり、その無血闘争が実を結び、同年十二月二十五日を以て祖国復帰を果たした。私が高校入学した年が記念の年だった。

この歴史的な大転換を見届けることができた。大島高校に入学した四月の時点では復帰

料金受取人払郵便

新宿局承認

3970

差出有効期間
2022年7月
31日まで
（切手不要）

郵便はがき

160-8791

141

東京都新宿区新宿1－10－1

（株）文芸社
愛読者カード係 行

ふりがな お名前		明治 大正 昭和 平成 年生 歳	
ふりがな ご住所	□□□-□□□□		性別 男・女
お電話 番 号	（書籍ご注文の際に必要です）	ご職業	
E-mail			

ご購読雑誌（複数可）	ご購読新聞 新聞

最近読んでおもしろかった本や今後、とりあげてほしいテーマをお教えください。

ご自分の研究成果や経験、お考え等を出版してみたいというお気持ちはありますか。

ある　　ない　　内容・テーマ（　　　　　　）

現在完成した作品をお持ちですか。

ある　　ない　　ジャンル・原稿量（　　　　　　）

<table>
<tr><td>書　名</td><td colspan="4"></td></tr>
<tr><td rowspan="2">お買上
書　店</td><td rowspan="2">都道
府県</td><td rowspan="2">市区
郡</td><td>書店名</td><td>書店</td></tr>
<tr><td>ご購入日</td><td>年　　月　　日</td></tr>
</table>

本書をどこでお知りになりましたか?
1.書店店頭　2.知人にすすめられて　3.インターネット(サイト名　　　　)
4.DMハガキ　5.広告、記事を見て(新聞、雑誌名　　　　)

上の質問に関連して、ご購入の決め手となったのは?
1.タイトル　2.著者　3.内容　4.カバーデザイン　5.帯
その他ご自由にお書きください。
(　　　　)

本書についてのご意見、ご感想をお聞かせください。
①内容について

②カバー、タイトル、帯について

弊社Webサイトからもご意見、ご感想をお寄せいただけます。

ご協力ありがとうございました。
※お寄せいただいたご意見、ご感想は新聞広告等で匿名にて使わせていただくことがあります。
※お客様の個人情報は、小社からの連絡のみに使用します。社外に提供することは一切ありません。

運動がまだ酣（たけなわ）の頃だったので、入学した私共も先輩方に導かれながらデモに参加したが、意味もよく理解できないままに、参加していた。顧みれば、大変に重要な歴史の転換点だったのだと思う。

戦後の日本は、十年程の短期間で目覚ましい勢いで復興し、繁栄を遂げたが、米国統治下の奄美諸島は、復興、繁栄からは取り残されてしまい、政治は勿論、経済や教育等でも本土との格差が生じていた。そうした背景での街の高校生だったので、私を始め、栄養失調者が多く、教科書や教材等も不足し、何もかもが、無い無い状態での高校生活を強いられていた。ただ、私の場合は、貧困母子家庭で、母の苦労を慮って下宿代を節約するために、荒屋の安い間借りで自炊生活をしながら通学することにした。

どんな苦労をしてでも勉強をしたいという強い心意気があったし、独立心にも燃えていた。中学校を卒業したばかりの十五歳の少年ではあったが、自分のことは、自分で考えてやり遂げようという気概を持っていたように思う。

大家族の変遷

奄美諸島の歴史的な大転換と共に、私どもの大家族にも大きな変化が起こっていた。即ち、武杉の娘達も成長し、次女の咲江（さくえ）は、海軍から帰還した同集落の窪田慶吉（くぼたけいきち）氏と結婚して名瀬市に移住。夫は某港湾会社に勤務していたし、一方三女の愛子も同集落の栄義男氏と結婚して二人の息子、伸明と豊明を授かっていた。しかし、夫の飲酒癖や暴力に悩まされて離婚し、二人の息子を引き取って出戻ってきていた。そして二人の息子を姉カツに託して戦後の沖縄の米軍基地に勤務していた。後に、米国コロラド州出身の大尉クラーレンと結婚して沖縄で暮らしていた。そして二人の息子の養育費として毎月欠かさず送金をしていた。

丁度その頃に私は大島高校に進学していた。更に四女の富江は、戦後の奄美の基幹産業として発展しつつあった奄美大島紬の機織り技術を取得するために、名瀬市の鹿児島県立大島紬技術指導所の研修生として転出していた。

他方、重家の家督相続人の久廣は中学校卒業と同時に、叔母愛子を伝手に沖縄に出稼ぎしていた。このような状況で、私が高校入学の頃は、大家族も離散して、戸主の武杉夫婦に、カツ、妹の和子及び従兄弟の伸君の五人に半減していた。又、妹の和子は中学校卒業後は、一時集落の売店で売子をしていたが、その後に上京した。勿論、一家の大黒柱は、カツだった。伸君の弟は肺炎で幼くして亡くなった。

祖母のオトツルは栓塞の持病があり、特に冬場の夜中に発作を起こしてその都度、カツが起き出して背中を叩きながら介護する状態であった。それでもカツは、小言一つ言わず、黙々と親孝行を尽くしながら、他方では、ひ弱な息子を出世させるために週一回、船便で生活物資を送り届け、昼夜なく働き続けていたようである。

当時の名瀬市と宇検村間の唯一の交通網は海路で、その航路には、村営の豊丸と私営の平運丸の二船が就航し、交互に一日おきに就行していた。

自炊生活の心細さ

片田舎の中学校卒業と同時に、親元を離れて慣れぬ新地での自炊生活は、全てが初体験であり、不安で一杯だった。特に自分で部屋を借りるということは、先ず社会的責任を感じたし、更に戸主として隣近所の人々と交際しながら、順応していけるのか、又、個人的には、寝坊しないで、煮炊きして食べ、遅刻しないで登校できるのか等々…。数え上げれば不安の切りはない。けれども、同じ町内には、咲江叔母さん家族も居たので、何か不明な点等があれば、伺いを立てることもできたし、相談することもできたので、独りで悩むことはなかった。確かに自炊生活をしながら通学することは多忙ではある。従って思い悩んでいる時間的余裕などないのだ。

それに学校では学べない大きな社会性を学ぶことができると思えば、いい勉強だった。平素から祖父武杉の薫陶を試すよい機会でもあった。武杉の訓戒には次の二題があった。

①、何時までも在ると思うな「親と金」
②、何時でも在ると思え、「火事と災難」

と唱えていた。そのためには、一度火を熾したら使用済みまでは側から離れないこと、就眠前にも必ず、「かまどの火」を点検することだった。

又、地震等の天災が起きた場合にも、平素から逃げ出せるように準備をしておくこと。水桶には必ず水を満たしておくこと。

ひ弱な私が自己管理すべきことは、健康管理であった。親離れをした以上、身体の管理も自分でしなければいけない。そのためには、規則正しい生活習慣、早寝早起きを励行し、朝日を浴び、日中も太陽光を浴び、乾布摩擦を励行する。正常な「体内時計」を維持する。

登下校は、片道四十分（徒歩）であるので運動不足は心配ない。

課題は、週一回仕送られてくる生活物資を港で荷受けすることだった。それには困った。というのは、定期船は、午後二時〜三時頃に入港するのだが、丁度その時間帯は、午後の講義の時間帯で、高校から港までは、約五十〜六十分かかったので、途中から抜け出して、タイミングよく荷受けするのが難しいのである。それに船便は天候に左右されるから…。でも実践して見ると、世の中は、「助けつ、助けられつつ生きるのだ」ということが分かった。一人では生きられないけれども、港湾労働者の小父さん方が、気遣ってく

私が自炊生活で、不安なのは、「火の用心」だったが、祖父は、「火の用心」をしっかり

れ、私の荷物を自炊宅まで届けてくれていた。有難い限りだった。五十年以上経った今日でも、当時の方々の顔が浮かび感謝に堪えない。特に冬場に悪天候で東支那海が荒れて欠航して物資が届かない日もあったけれども、学友や隣人達のお情けを頂くことで切り抜けた。

船員さん泣かせのエピソード…物資の運賃は例えば、薪は一束いくらと値段が付いていたようですが、兎に角母カツの一束が番外に大きくて船への積み下ろしにも力持ちの大男の船員さんが一人ではできず、二人でないと積み下ろしできなかったそうな。それをカツは一人で平気で背負って来たという。それで恐ろしい「力持ちの女性」として名声を馳せていたようだ。それが祟ったのだろうか。

晩年は脊髄ヘルニアや股関節を患い入院する破目になった。「親の脛を噛る」という言葉は聞くが、私のように親の脊髄や股関節まで噛り潰した者はないのではなかろうかと思う。

高校生活の始まり

奄美諸島の津々浦々の中学校から進学してきた同級生（一組五十名で七組）の計三百五十名は、四月の入学式を経て一斉に授業が開始された。そのうちの一人が自分だと思うと、何だか中学校時代とは違い、少しだけ偉くなったような気分がした。ところで、各地からの同級生達の印象は、大きく二分されるように見受けられた。すなわち、都市部中学校出身者と郡部中学校出身者とを比較して見ていると、明らかに相異が認められた。

前者は友人が多く、人慣れしているのか、賑やかで活発、授業中にも挙手し、積極的に質問をするし、目立ちたがる。他方後者は言葉のハンディーもあるのか、授業中も居るのか居ないのか分からないので消極的で、質問も殆どしない。従って別の言葉で言い換えれば、前者は一見秀才集団で、後者はぼんくら集団の印象を受けた。この外見は、後に正しくないことが確認されたが…。後者は借りてきた猫なのか。前者の五万といる都市部出身者の秀才達と、今後競い合って生きていくには、彼らと同じことを同じようにやっていては負けてしまうという不安を抱いた。そこで、私は、登下校中に母からの授かったテーマ「頭脳労働者として生きていく」の答えを探し求める一方で、自分の個性、特性、強みは何かを考え続けることにした。

自然科学者的特性を有する個性

人の個性は、生まれ育った家庭や周囲の環境等によって形成されるようである。例えば私の場合には、片田舎の小作農の次男坊で、閉鎖的な貧困家庭に生まれ、自然の山や海に取り囲まれ自然環境で育ったために、他人と交流するよりは、自然と対話するのが好きで、心も安まる。従って教室内で挙手して質問する前に、先ず、質問そのものについて自分に問いかけて答えを考える癖がある。先ず自身で考えてみるという習慣があるようだ。

それは私の特性かもしれない。他方、頻繁によく質問する学生を静観していると、言葉は悪いが、条件反射的に挙手して質問をしているように見受けられる。それが良いか悪いのかは別として、それも一つの個性で特性と見るべきではないかと考えられる。

都市部出身者の積極性は、人文科学者或いは社会科学者としての特性で、前者は自然科学者としての特性ではないかと考えられた。

従って社会で生きていく場合でも、各々の個性に合った分野で生きていくことが大切かと思われた。

このような考察から、高校生で、五万といる都市部出身の秀才達と競い合って勉強していくにしても、自分を見失うことなく、自分の特性を強めていくようにすれば、何も失望することもないと、目覚めた。

そうこうして通学している内に、早くも一年の前期試験が実施される時期になり、高校進学後に、自炊生活をしながら勉強してきたので、それが、高校でどの程度通用するのか知りたいという関心もあった。

我がクラス一年七組五十人中三十番位の成績であれば「御の字」と考えていた。ところが、試験結果発表では、想定外の成績七位で仰天びっくりだった。

この事実から「都市部出身者が秀才集団で、郡部出身者達がぼんくら集団というのは、差別的な見方であって払拭すべき。」と思われた。

只、この学校の試験結果では計り知れないすなわち、中学校卒業したばかりの十五歳の少年が、不慣れな都市部で、自炊生活をしなが高校に通学する事実からも推察されるように、私には、高校の勉強以外に、実社会で順応し得るような、知恵と確かな技術をすでに取得している実学がある。それは私の最大の強味である。独立自尊で、如何なる環境にあっても生き抜ける力を持っていると確信できた。

「頭脳労働者」の答え発見す

一年七組の担任は、生物学教諭の大野隼夫（おおのはやお）（以降OHと略称する）先生だった。

後に私が、専門学校や大学等で教育にも携わるようになったのは、真にOH先生との縁にあったと思われる。元来片田舎生まれの私は、自然や生き物と接することは興味もあり理科という学問に興味を覚えたのは、中学二年頃であったが、それは断片的なものであった。OH先生の講義の拝聴で、系統的な学問に魅せられ、初めて将来の糊口の一つの選択肢として「高校の先生もいいなあ。」と、考え始めた。やがて一年の修了式を終え、二年に進級して更に新たな学問を勉強することになった。

新たな学問「化学」との出合い

物質の根源である元素をアルファベットで記号化した学問である。中学校時代にも簡単な元素記号を習ったが、いよいよそれを本格的に勉強し始めたのだ。

教諭は、大江九二三郎（おおえくにさぶろう）（以後ＯＫ）先生だった。

何が私の心の琴線を共鳴させたかと言えば、「物質を記号化する」ことと、それによって物質の性質、変化及び反応等を方程式として理解し、説明することが出来るということだった。それに将来的に必ず発展していく分野ではないかと推察された。物質の式を記憶することによって万国共通に化学者として理解し合えるのが何んと言っても魅力的だった。

私は小学生の頃、自然に親しみ動植物等に接して育ったのだが、将来はそれらと関係するような仕事に就けたら「本望」だと朧ろに考えていたし、又、病気で苦しんだこともあって、薬剤の製造及び発明・発見或いは、空腹でさつま芋の栽培試験、食糧の増産、加工に興味を持っていた関係上、化学の勉強を始めるに当たり、私のこれまでの関心事は、全て「化学」に関するもののように思われた。

少年時代の関心事は、全て「化学」の学問に集約されているように、心の躍動を覚えた。勉強が進むに従い、研究の対象物によって、「無機化学」と「有機化学」に分類されることを知った。前者は鉱物資源を対象としたものであり、後者は、動植物等の生き物に係わる炭素分子によって構成された化合物等を対象にするものだが、私の興味の方向は、後者の有機化学であることも判明した。

要するに、私の目指す志・夢は「頭脳労働者」は、「有機化学者」であり、それを糧として、教育、研究・開発に携わることである。

そのような仕事を通じて、新化学反応を発見したり、新化合物を発明することができれば、ラッキーだ。更に、それらの新発明された新化合物の中から人類に有用な化合物を開拓することができれば、それこそ願ったり叶ったりの頭脳労働者であろう。

母カツのささやかな期待の「頭脳労働者」は、片田舎の母校の小中学校の代用教員にでも就職できれば「御の字」と考えていたが、私は高校に進学して勉強を始めた結果、母の想像を遥かに超えた大きな夢・志を抱くに至った。

母の言う片田舎での代用教員で一生を終えるという考えには、高校進学当初から共鳴することはできなかった。封建的な片田舎よりも広い世界で伸び伸びと活躍したいものだと考えていた。私が辿り着いた夢は、生まれ育った環境からは、考え難い突飛なもので、離島の片田舎の小作農の次男坊が考えることではないように思われ、それだけに容易には、成就することは困難であろうと、想像されるが、だが生涯のロングプランとしてこの大志・夢を叶えるべく挑戦してみたい。

先ず、このロングプランの目前の最大の関門は、大学の理学部化学科に進学して化学の基礎勉強をすることであった。そのためには、大学のある都会に出ることが必要条件である。

奄美にいては、それだけで夢は断たれることになる。教員になるにしても代用ではなく、正規の教員免許証を取得したいものだ。仕事は天から授かる神聖なものであるから、お茶を濁すような仕事ではいけないと思うのだ。

このような諸々の考えから必ずしも母の期待とは相容れない点があった。それらのことをあの時点で討論したところで、時間の無駄と考えていたので、自分なりに胸深くに刻み込んでいた。

兎に角、高校二年で「有機化学者」という大志を抱くことができた。

これからの課題は、その大志を如何にして達成していくか、具体化していくことである。

先ず、具体化のための道筋を立てなければいけない。先ず、当時購読していた創刊間もなかった「科学新聞」の読者欄に「高卒だけで『化学』の研究者になれるのか」と問うたところ、高卒では無理で、大学の理学部化学科に進学して化学の基礎勉強をしてから進んだ方がよいとの示唆方針を頂いた。そこで一つのステップアップができたのだが、大学進学は私にとっては、不可欠な必要条件だが、その前に経済的な課題があるので、大学受験も経済問題も同時に解決しなければならない。大学受験は自分で勉強さえしっかりすれば、準備できる問題だが、経済問題は他力本願の点があり、困難が予想される。

兎に角、大志の実現は先が長いので、焦らず、目前の課題を一つずつ解決していくようにするしかない。他力本願の経済問題は先ず、側に置いておいて、次に何処の大学を受験するかを考えることにした。

通常なら自分の実力相応で選択するであろうけれども、その頃の自分は視点が、違っていた。要するに目標設定型で、決めたら猪突猛進し、どんな難関大学でも努力して合格出来るという心意気であった。

ナポレオンではないが、「吾が辞書に不可能はない。」という熱い意気軒高な青春だった。

丁度そうした時期だった。愛読していた科学新聞にセンセーショナルな記事を発見し、一人で自家発電して興奮状態に陥っていた。そうだ。こんな素晴らしい研究者が在籍している大学に進学して勉強しようと考えた。

その記事は、国立東北大学理学部の野副鐵夫（のぞえてつお）教授が、「世界に先がけて天然ヒノキ中から新しい化学構造式を持った物質を発見した。」というものだった。すなわち「新化学構造式の物質発見」であった。当時としては驚きを以て受け止められていたので、何とか、そのような大学に進学したいと強く望んだ。更に、「自動車産業の勃興」の記事から、時代の推移を読み取り、自動車産業の発展は、必ず、石油化学産業の繁栄を触発するに違いないので、今から「有機化学」の勉強をしっかりしておけば、近い将来必ず世の中に出るチャンスができる筈だと考えられた。単に大学を卒業しただけでは、希望の就職が叶わなければ、元の木阿弥となるが、就職のチャンスが多ければ、それだけ希望に近づくことができるので安心というものである。

　このような推察から、熱心に「有機化学」を勉強する裏付けを見出したのであるが、後にこのことが、大学に進学した金欠病を救うことにもなった。この推察が的中したことは誠に奇跡的だった。


閑話休題。

　兎に角、目指す大学は、国立東北大学理学部化学科の野副研究室と決定した。この頃の国立大学の試験は、一期校と二期校に分かれていて、本校は二期校に属していた。授業料が安いこともあって、誰でも容易に合格できる大学でないことは、想像していたが、さりとて私は合格できないとは頭から考えてもいなかったし、努力次第で合格できると考えていた。ただ、勉強以外に大きな課題は、前述の通り、貧困母子家庭の経済問題である。同大学は、東北の宮城県仙台市青葉山に存立している。

　亜熱帯の奄美諸島とは異なり、冬場は降雪地帯で寒いし、遠距離で受験するにしても旅費や宿泊費等、巨額を要する。縦しんば合格したとしても四年間通学するのに下宿代や学費等の工面は困難を極めるのは必定である。

　このように考えれば考える程に道は険しい。高校進学は自炊生活をしながら何とか進学することができたが、この上、東北ではどうにもならないようだ。これでは、どう母に相談すべきか、その糸口さえも見出せない。しかし、世の中どんな風が吹くか分からないから、希望は希望として諦めないで、勉強だけはしておきたいと決めた。

無理なごり押ししても詮無いので、この件は一時棚上げとする。

高校三年では、就職組と進学組に分かれて勉強することになっていたが、私は母と相談することもなく、進学組を希望して受験勉強をすることにした。この判断は、後になって正しい賢明な判断であったと思われた。というのは、目指した東北大学には、現役受験も叶わず、浪人後も東北大学受験には縁がなく叶わなかったけれども、この時に手を抜かずに頑張ったお陰で、上京後の入社試験や、各種資格試験等で威力を発揮できた。

大学の受験シーズンを迎え、校内では、クラスの同級生達の空席が目立つようになり、中には、合格発表の情報が飛び交うようになって○○君が○○大学に合格したと伝わり、欣喜雀躍する光景があったが、一人私だけは空しさを感じながら、冷静を装い、「生まれ育った家庭環境を嘆いても詮無い。」と諦めながら、「最善を尽くして天命を待つ。」の心境で、黙々と勉強を続けた。

恨めしい現役大学受験シーズンも終わり、高校の卒業式を迎えることになった。

その時点で、私は新たな決意に目覚めた。すなわち、「一日でも一刻でも早く、大学のある都会に出て自力で大学に進学して卒業するぞ。」ということだった。心を熱くして、卒業の翌日には、名瀬市から実家に戻った。

名瀬市の未曾有の大火

昭和二十八年に高校に入学した当時は、米国統治から祖国日本に奄美諸島が復帰した歴史的転換点だった。それから丁度三年目で、卒業を翌年に控えた昭和三十年十二月に、名瀬市の沿岸部で失火があり、それが、冬場の北風で勢いを増し、市の中心部・内陸部へと燃え広がり、市内を焼き尽くした。

この大火で戦後からの古民家は殆ど焼き尽くしてしまった。お陰で私の自炊宅も焼失して私も焼け出されることになった。このため緊急避難的に、高校の寮にお世話になることにして、二ヶ月程入寮したが、その後は、徳田隆義・富江夫婦宅に、生活物資持込みで下宿させて頂き卒業することができた。期間は約二〜三ヶ月であったかと思う。

こうして自炊生活に始まった高校生活は、大過もなく無事に卒業することができた。

名瀬市の未曾有の大火は、戦後の復興への大きな契機になっていったようである。

上京への果敢な挑戦

高校卒業で現役大学受験を断念する代わりに兎に角、大学が仰山ある大都会の東京に一日でも早く出て行くことを当面の目標にした私は、何としても東京までの船運賃を稼ぐことに心を砕くことにした。貯金目標額は、時価五千円也の片道運賃であった。

片田舎では、現金を稼ぐ仕事が少ないのが大きな障害だった。特に山岳地帯の狭隘な南部の宇検村では、唯一の産業は林業だった。

大島紬の染料となるシャリンバイ（方言でテージ木）の切り出し仕事や、更に鉄道等の施設の枕木及び製紙用材のチップ材等の山からの切り出しの重労働が主なものである。それらの仕事とて常時ある訳ではなく、限定的で、忍耐強く待たなければならない。時には観賞用の蘇鉄葉や蘇鉄の実の買い付け等があるが、余り期待はできない。従って換金できる物は何でも売り尽くして現金を貯える必要があった。

目指す東京での身受け人

米国の統治下にあった奄美諸島は昭和二十八年に本土に復帰したが、その間は、本土への往復はビザなしには自由に往来ができなかったので、二歳上の兄、久廣は、中学校を卒業すると同時に戦後の沖縄の愛子叔母さんを伝手に、沖縄に出稼ぎしていたが、奄美が復帰すると、直ちに沖縄を引き上げて、奄美経由で、上京し、縁故の（株）新田製鉄所に溶接工として就職していた。

独身で、会社の事務所に宿直しながら勤めていたので、経済的には自活が精一杯のようだったので、それを頼ることは、無理かと思われたが、上京する時の身受け人としては頼ることができると思われた。

その点は、未知の東京ではあるが、安心というものだった。せめて東京までは運賃を自分で稼いで行かなければならない。ところで、南部大島の林業であるが、私有林や集落有林及び国有林等が入り合う林有地が多く、その境界は、新参者が中々認識することは難しいものである。しかも近場の私有林は殆どが切り尽くして残る換金材は国有林にある。島民は生活のために、計画的に国有林を払い下げて貰い生活している状況で、しかも国有林は、数キロ先の深山に限られていたので、急傾斜な谷底から枕木等を切り出すのは牛馬を持つ人々の真に力仕事であった。

私のような新参者で、身体障害者でしかも私有林と国有林の境界も分からない者には、本来不向きだ。しかし、私には、どうしても諦められない目標があるし、少々無理してでもやり通さなければならない理由があるのだ。

私が実家に到着した当日、幸先よく、役場勤めの先輩から宇検村立森林組合でアルバイト募集の情報を頂いた。早速に出頭して働くことになった。仕事は山の立木の調査でした。長期間を期待していたが、いざ開始してみると、十日足らずの短期間で期待外れだった。それだけ仕事を求めている者が多かったということであろうか。

結局は、深山の枕木に賭けるしかなかった。

「急がば回れ」の大失敗

「稼ぐに追いつく貧乏なし」を胸にあらゆる手立てを考えながら行動を起こすが、重労働の壁は、結核の後遺症の腰から膝にかけての神経痛であった。五～十歩行っては立ち止まらないと坂道を登れないし、重い荷の負担が掛かると、更に頻繁に立ち止まらなければならないので、それだけ仕事効率も悪くなる。それでも止める訳にはいかず、やらざるを得ないのだ。

森林組合の仕事が終わるや、休む間もなく、経験のない枕木の切り出しに向かった。当時の行動を冷静に顧みると、寸暇を惜しみ、逸る心を抑えられず、行動を起こしたことが悔やまれた。行動計画を立てるための考える時間を惜しまなければ、以下に述べるような「へま」は避けられた筈ですが…。

兎に角、寸暇を惜しんで一本でも多く切り出して換金したい一心で、歩きながら考えようとしたことが、大きな間違いを起こす原因となった。午後一番に山に登り始めたところ、途中で「目指す山は何処か」の疑問が生じたが、歩けど、払い下げられた国有林は遠場で深山は想像していたが、具体的に、標示がある訳ではないから、新参者の私に境界等は分からない。と言って今更、引き戻ることも空しい。歩いて行く内に日は西に傾き、道は細く薄暗い。深山に入ったとは感じたが、そこが国有林か、民有林かどうかの標識もないから分からない。

立ち止まり、道路傾斜面に私が切り出すには手頃な一本の木が、切り倒されて放置されていた。

どうしたのだろうと疑問に思ったけれどもそこが国有林とは、思ってもみなかった。「それは神様からの授かり物」と思い、有効に有難く頂くことにしようと考え、木の方に下りて行き、足元を確かめながら、根元からの長さを測り、梢を切り落とす位置を定め、いざ切断しようと斧を振り上げようとしたら、道路の方で人の気配がした。よく見ると営林署員が二人こちらに下りて来るのが目に留まった。青天の霹靂とは真にこのことであった。

弁明するのも烏滸がましいので、問われるままに答えるしかなかった。

「現行犯で逮捕する。」と言う。

住所、氏名を書き留められ、山の日暮れは早いのか、二人の署員は早々に下山していった。この二人の署員は、まるで網を張って鴨の来るのを待ち伏せていたようである。

新参者で、うぶで無知な私は、まんまと鴨にされたのだ。後は、都合よく料理されて喰われるしかないと覚悟した。山の日暮れは早い。取り残された私は、この木をどうしたものかと、考え倦むが、倒された木は死んだも同然で、そのまま放置しても無駄に朽ち果てるだけであり、木の本質を生かしたことにはならない。それよりも、枕木として最後まで人々の役に立てて本質を生かした方が、木も喜び本望ではないのかとも考えたが……。

私を誘惑して貶めることになったこの木は魔物で、縁起が悪い。信心深い私が生かしても枕木となった時に、又、列車事故を起こされても困ると考え、朽ち果てさせることにし、手ぶらで後を追って下山した。

急がば回れで、余計な罪を償う破目になったと、反省しながら下山すると、狭い集落では忽ち「廣茂が営林署員に逮捕された。」の情報が伝わり、母や家族は困惑していた。そこへ親代わりの区長さんが現れ、二人の署員の情報を伝えてきた。

「今日は下山が遅れ日が暮れてしまったので、区長宅に泊まり、明朝帰署する。」という。この件については、相談ということでした。区長宅では、「突然の泊まり客で、持てなすための卵一個もないので、お宅で養っている鶏は相談できないか。」との申し出だった。

吾が家では、闘鶏用のチャム鳥を養っておりましたので、それをお持てなし用に提供できないかという話でした。

脛に傷を持つ母や家族は咄嗟に反応して私に「そうしなさい。」と迫るのです。

私は割り切れない思いであったが、親代りの区長が心配してわざわざ足を運んでくれたことに恩を感じ、小屋から愛鶏を出しながら…。

「私の『へま』でこんなことになってしまって誠に申し訳ないが、私の身代わりとなって私を救って欲しい。」と願を掛けて、区長に預けた。

翌早朝、再び区長が訪ねて来て、情報を頂いた。

二人の署員は、早朝に帰署した。そして伝言。「昨日の現行犯の件は、将来のある若者であるので、今回の件は、『お咎めなし』。」との事だった。安堵したが、それは、私は、愛鶏チャムのお陰と感謝しなければならない。「急ぐ乞食は貰いが少ない。」とは言うけれども、私の「へま」では、「急ぐ乞食は貰いが少ない。」どころか損をしたことになった。私の身代わりを果たしてくれた愛鶏チャムに衷心より厚く感謝を捧げ、冥福を祈った。

貧乏神の呪縛と暴力沙汰

船賃を稼ぐために、果敢に山通いに挑戦して日銭を貯えるが、それが中々思い通りに運ばない。その原因は、借金取りが来ると、母が私に断りもなく、立て替えて支出していたからだった。一度ならば、まあ仕方ないかと笑って容認できるが、度重なると、私の上京を阻んでいると、勘ぐられた。私の「目標は、一分一秒でも早く上京することにある。」という「焦りの心」と「思うにまかせられない苛立つ心」で満ちており、何れも貧乏神の憑依による心である。度重なるうっ憤がうっ積すると、人を思いやる平常心をコントロールすることができず、暴力沙汰となって母を直撃する危険があった。事実、一瞬にして堪忍袋の緒が切れて暴力に及んでしまった。ついに恐れていたことをやってしまったのかともう一人の自分が責めるが、後悔先に立たずである。

五十年の歳月を経た今日、当時の母の立場を冷静に顧みると、私は何とも許し難い罪深い親不孝を働いたことかと、「親の心子知らず」とは、よく言ったものだと思う。

私は身体障害者の身でもあり、午前中に一度登山するだけで精一杯であったが、母は、一睡すると、薄暗い中を、家族を起こさないように気遣いしながら抜け出して登山し、朝飯前に一仕事して下山する。朝食後に再度登山して昼飯前に二つ仕事して下山する。同じ午前中に私の二倍の稼ぎをするのだった。

午後は家族のための食糧を確保するために野良仕事に精勤していた。夜は、老父母の介護をしながら他人助けの助産婦奉仕をする。真に一人で八面六臂の活躍をしていた。そんな母の背中を見ながら、しかも三年間も生活物資を仕送りして、ひ弱な私を世の中に送り出すために高校まで卒業させて頂いたのに、どんな事情があったにしても、尊敬し、心から労を犒い感謝こそすれ、喜んで協力し、難を乗り越えるべきであった。事もあろうに、その恩を暴力行為という仇で返したのだ。

過去のことを幾ら思い悩んでも取り返しは、できないが、「焦りの心」という貧乏神に踊らされた誠に「若気の至り」だった。

母よご免なさい。お許し下さい。私が未熟でございました。今後は神仏に誓い孝行に励みます。

生まれ故郷からの出立

船運賃の目標額には達しなかったが、諸々の突発事件で、心に深い傷跡を抱えてしまい見切り発車で、故郷を後にすることにした。昭和三十一年九月高校卒業後、半年余が過ぎた仲秋の頃だった。この年は数十年に一度という台風の当たり年で、二百十日には、希有な大型台風が襲来し、集落広場に集落民のシンボルとして長い歴史を刻んできた、大きな老松が倒壊した年でもあった。

出立の前日から、有難いことに、集落民が別れを惜しんで次々に訪れて来て下さり、当日は、約百軒余の民家の方々が、お互いに苦しく貧しい中で、個々に過分な餞別を賜った。私が生涯忘れ得ぬ心の宝物となった。お陰様で、東京までの二泊三晩の船旅中の食費代を賄うことができた。

更に当日の集落民による見送り風景も感極まるものであった。

母は名瀬市まで見送って行くということだったので、一緒に乗船したが、桟橋が溢れんばかりに、老若男女が押し掛けて送別を受けた。とりわけ、高齢の祖父母は、これが今生での別れとでも思い詰めているようで、桟橋の先端部に陣取り、小鼓を打ち鳴らしながら、「島の送別歌」、「イキユンニアカナ」を唄ってくれた。

一、イキユンニアカナ、イキユンニアカナ

ワキヤクツワスリテイ
イキユンニアカナ、ヤレイキユンニアカナ
二、ムドテイコヨ、ムドテイコヨ、
ウモカゲタツントキヤ　ムドテイコヨ
ヤれムドテイコヨ、ヤれムドテイコヨー

東京は遠いし、危篤の知らせを受けても、容易には戻れないので、私も又、同じような思いだった。二度と会えないだろうし、死に目には間に合わず、立ち会えないだろう。それに私の志は、雲を摑むようなもので、果たして何時成就して故郷に帰るのか、その前に、何時、何処で野垂れ死にしないとも限らない。誠に心許無い状態である。この時、私の脳裡には、次の漢詩が去来した。

志を立てて郷関を出ず、
学もし成らずんば、
死すと帰らず、
人間至る処に青山あり、

祖父母とは、今日こそが見納めと覚悟した。同時に背景の山や川を心に刻み込み、小学唱歌の「ふるさと」を口遊み感謝の誠を捧げた。

当日の船便は、私営の平運丸でしたが、船長を始め船員方は、高校時代に大変にお世話になった顔見知りの方々であったので、特別な御配慮を賜わったようだ。船が桟橋から放たれると、別れの汽笛を鳴らしながら、離れ、続いてわざわざ湾内を一周して別れを惜しんでくれた。桟橋の人々は、手が千切れんばかりに、振り続け、船が赤崎岬に消えるまで、誰一人帰る様子もなく、手を振り続けていた。誠に忘れられぬ送別風景で有難い限りだった。

船はその後、名柄、佐念、生勝、久志及び宇検と寄港して最後の三ヶ村、平田、阿室及び屋鈍を寄港し、正午頃焼内湾を東支那海に出て一路名瀬港に向けて出発した。

海路は順風そのもので、予定通りに、午後二時に名瀬港に入港した。親子は船員達に別れの挨拶と感謝の御礼を申し上げて、早速に、明日の東京行の乗船切符を買い求めるために、船会社の事務所に急いだ。

母は、二等の客室切符を買い手向けてくれた。これで安心して乗船することができる。当日は知人宅に一夜の宿をお願いすることにしていましたので、簡単な買い物をするために商店街を散歩することにした。

東京行きの船は、午後三時半乗船で、四時出港となっているが、二等客室の乗客は、大広間の居場所の取り合いを除けるために、予め整列乗船することになっているので、二時頃までには、港に行き整列しなければならない。それまでには、別れのテープ等の買い物は済ませておく必要がある。

親子は水入らずで、知人宅で送別の会食を済ませ床に就いたが、未知への旅立ちということで、興奮しているのか、中々に寝付けなかった。明け方になってやっとうとうとと寝入ったが、間なく慌ただしく起きて支度にかかった。そして朝食とも昼食ともつかない食事で腹拵えをして港へと急いだ。ところが乗船前一時間もあるというのに、事務所前の乗船口からは、長蛇の列が続いていた。荷物という荷物もないので、手荷物として柳行李一個（内容は、ささやかな土産品と着替え用衣服と洗面具等）であったので、それを椅子代わりにして最後尾に加わり、乗船を待つことにした。

日陰が伸びたかと思ったら、列の前頭部が動き出し、乗船の時間となったようである。親子も腰を上げて前に詰めるようにして乗船し、二等船室の大広間に、望みの居場所を確保して、柳行李を置く。

乗船口付近は、乗降者で混雑しているので、見送り人は中々下船することが叶わない。出港時間前になって船内放送で見送り人の下船が告げられ、母は下船していった。

桟橋に下りた母に準備してきた別れのテープを投げてお互いに繰り合った。やがて出港時間となり、予定通り繋留ロープが放たれ、離岸し、テープは、次第に延びて行き、切れて海面にテープは漂った。波に洗われ見えなくなった。そのテープの様は、親離れをして行く自分の人生と重なるようで切なかった。

船は南海上で発生した台風に追い立てられようにして船足を早め、港から外海に出て行き、東京港を目指して北上して行った。

船室に戻るのも忘れて甲板上で、離れ行く島影に見とれていたが、やがて夕闇に島影も消え去り、満天に南十字星が輝き、海では、海蛍が光り、飛び魚が飛び跳ねて祝っているように感じられた。

これで文字通り親離れをしたと思うと、孤独感に急に苛まされて、これで「金があろうか、なかろうと、自己責任で生きていかなければならないのだ」と、強く自覚することになった。

独立自尊の気概の芽生えである。

さらば故郷の奄美大島よ!!

長い間お世話になりました。育ててくれて有難度う御座居ました。今日より他島で生きていきます。

同時に、親父の青年時代の上神、すなわち、親の残した財産・潤沢な金銭を持参して物見遊山の旅と、同じ年代において丸腰同然で、大志を抱いて上京する自分を見比べていた。ただ私は母の深い愛を一心に授かり、高校教育を授けて頂いたのだ。この差が、大都会で生活してどのような差になって現れるのか、楽しみでもある。親父は、都会で、潤沢な金銭を使い果たして、その代償として、「世間の厳しさを勉強してきた」ようである。が、時すでに遅く、住むに家なく、自己破産宣告をして徳家を破滅させた。従って私には、ひ弱な肉体と、健全な「精神の宿る生命」を授けて頂いたが、それ以外の財産を相続した何物もないので、失う物は何一つないのだ。

要は、自分の思う存分に世の中を生きることができるということが、私の強味でもあり、財産でもある。小作農など相続しても無意味で生きていけないのだから…。

そうした点から考えると、親父は、私の立派な反面教師になってくれて有難いと思った。

必ず、私が徳家を再興して御覧に入れよう。

どうぞ、天国で見守って下さい。

3　放浪修業時代

はじめに

「田舎者、田舎っぺい」という言葉がある。

都会から遠い地方に住む者をいう言葉だと一般には理解されていると思うが、その田舎者についての共通の認識は、「井の中の蛙大海を知らず。」の諺にあるように、井の中の蛙は「大海を知らないように、世間知らずの自己中心的狭量な人を指す。」というのが常識的な考えであろう。

私は、地方の主都で公立高校を卒業して上京したけれども、言ってみれば、紛れもなく田舎者の田舎っぺいである。

要するに、自己中心的な世間知らずである。このことを十二分に自覚することが、東京生活を始める第一歩ではないかと思われた。

「郷に入っては、郷に従え。」という諺もある。その土地に入ったら、その土地の風俗、習慣に従ってふるまえと言う戒めであろうか。

田舎の奄美地方と対局にある大都会の東京の風俗、習慣と言えば、何か。一口で言えば、「広大な地域で、人が多い。」となるが、共通の地理認識を持ち、標準語で話して生活をしているように考えられる。従って、そこで生活基盤を築いて生活していくためには、少なくとも地方語（方言）を「忘れろ」とは言わないまでも、脇に置いて、標準語を充分に駆使し、地理を承知して行動の自由を拡大するようにしなければいけないと考えられる。

東京上陸における私の心構えは、何と言っても、自分の欠点である田舎っぺいのハンディーを克服することが先決であると考えていた。

自由の行動が少ないことが田舎っぺいの欠点であるので、それを拡大することが都会人の仲間入りを果たし、生活基盤を築くことができると考えていた。

東京港上陸（芝浦桟橋）

台風の追い風もあったのだろうか、予定時刻より二、三時間早く三日目の早朝に東京港に入ってきた。早速、兄に「シバウラムカエタノム」の電報を発信した。

船上から早朝の東京の街並みを眺望していると、ここが、これから私が骨を埋める東京かと思うと、「どんなドラマが始まるのだろうか。」と、想像するだけで、胸が高鳴りワクワクして高揚感で興奮した。

芝浦桟橋に接岸し、上陸のための梯子が下ろされた先に、兄の姿を捜したところ、従兄の博恒（ひろつね）兄さんと二人で自動車で出迎えていることが確認でき、安心して下船することができた。

居候宅

兄が勤務する東京製鉄所内の新田製鉄所の社長、新田廣吉（にったひろきち）様宅がお世話になる予定の居候邸宅で、住所は、江戸川区小松川三丁目だった。

初めての自動車に乗せて頂き、感動して車窓を走馬燈のように飛んで行く街並みを一刻たりとも見逃すまいと凝視していた。

車で小一時間足らずの距離であったが、敷地は二百坪程あり、同地に木造二階建ての社員寮を始め、社長邸や新田紙工器株式会社や（株）新田鉄工所の事務所等が建立されていた。

新田一族は実業家のようで、父長の廣吉様は東京製鉄の下請会社、新田製鉄の社長であり、長男、豊明は新田鉄工所の社長であり、次男博恒は新田紙工器の社長であった。三男建造はまだ高校生だった。その他娘さん達が三人程居たと思うが、兎に角、奥方の母堂様も同居していたから、一家は大変に賑やかな大家族だった。

私はそのような家族の中で居候をさせて頂くことになっていた。

敷地内の社用の自動車に好奇心が湧き、何れ、適当な時期に運転免許証も取得したいものだと思った。

昼食後の午後の予定は、二人の兄様方は、本日は一日会社の休暇を頂いてきたので、午後には、浅草仲見世を見物させるという。

浅草見物

居候宅の裏通りには、小松川三丁目の都電㉕始発の停留所があり、この線路は、浅草行きの都電であったので、とても便利だった。

好奇心旺盛な私は、初の都電乗車に興味津々だった。三丁目の停留所を定刻に発車した電車は、広い京葉道路に敷設された線路沿いを走り、亀戸経由で、浅草まで約四十分程で到着した。

仲見世に入ると、これまた人の多いのに仰天した。二人の兄様方から付かず離れず、紛れないように気を付けなければいけないので、落ち落ち見物するどころではなかった。

金魚の糞よろしく付いて歩かなければならなかった。

映画館前で奇妙な看板が目に留まった。「大学は出たけれど…」という映画が上映されていた。興味あるタイトルであり、私は大学に進学したい一心で上京したのだけれども、一体どういうことなのだろうかと、どうしてもその内容を知りたいと考えたのだが、一人はぐれて映画館に入る訳にもいかないので、以来そのタイトルがどういうものであるかについて考え続けて歩いているうちに、すぐにその答えの見当が付いた。

要するに今は、不況の最中であり、大学を卒業しても不況で思うような就職ができず、失業する大学卒業者が多いということが推察された。私にとっては他人事とは思えない重大なことだ。奄美の片田舎では、そうした情報は知る由もなかったが、私は、大変な時に上京してきてしまったと反省すると共に、兎に角、上京してきたのだから、今更、帰省する訳にもいかないし、今後この不毛な大都会砂漠で如何に生きていくか、早急に考えをまとめなければならないと焦った。

ただ上京早々に浅草観光をさせて頂いた二人の兄達には、このような問題含みの時期に心から感謝をしなければばらない。その不況で、「大学は出たけれど」の看板だけでも観光の価値があったというものだった。

何の取り得もない地方の高校を卒業したところで、希望の就職等にあり付けることは無理というものです。直ちに自分の欠点は何かを省みた。「郷に入らば郷に従え。」として、この大東京で生きていくのに困ることは、先ず、一つは、東西南北の「地理に疎い。」ということと、二つ目は、他人とのコミュニケーションを図るための「言葉の壁」があることだ。要するに、これまで片田舎で方言で生きてきたが、東京では標準語を話さなければ通用しないのである。この二点をしっかり克服しなければ、自分のやりたい自由行動が起こせず不自由をすることになるのである。「行動の自由を拡大する」ためには、自分の欠点である前述の二点をどうしても克服することが必要不可欠であると、考えられた。就職して大学に進学する前に、先ず、一人の人間として生きていくためには生きるための必要な条件を克服しなければならない。

兎に角、不況、不景気と言っても、人間が生きている限り、何時までも続くものでもないし、必ず雲散霧消して好景気になると思うので、その時こそ、私が世の中に出る機会が来るのだ。従ってそれまでの間は「人生修行」と心得て、自分磨きに徹した方がよいと考えられた。そのためには、縁故の飯を喰うよりも、全く無縁の他人の飯を喰う方がよいと思われた。勿論、新田社長様方に頼めば、就職は可能かも分からないが、それでは自分の自立自興を目指すもう一人の自分が納得しない。

私は万事が無からの出発であるので、挑戦者、開拓者精神で、自分の目指す道を切り拓いていかなければならない。従って決して安易な道に流されてはいけないし、私は兄とは異なり、実業で生きるのではなく、学問で生計を立てていきたいので、茨の道を求め続けていかなければならないのである。

「世の中は甘くないぞ!!」と、改めて気持ちを引き締めることになった。同時に、居候宅での過ごし方についてもよくよく熟慮するべきだと思われた。すなわち、東京の空気に馴染む意味でも一ヶ月間は居候させて頂きたいと考えていたが、その間、只飯を食べさせて頂く訳になるが、そのことは、祖父の薫陶を受けて育てられた私の良心が、只飯を恥と心得ていて許さないのである。従って恩に報いるための何らかの働きをしなければ居候をする訳にはいかないのである。具体的に何をするかを考えておかなければならない。

先ず、心掛けとしては、客人として気遣いを家族にさせる姿勢を払拭し、家人同様の積りで、気遣いさせないで、自然体でお手伝いをさせて頂くことから始めるようにすることではないかと思われた。

居候宅での生活

何処にあっても私は早寝早起きを基本的に習慣としているし、日課も大抵一定しているが、場所によって多少の変化がある。

就眠は、御家族の基本的習慣に合わせるけれども、起床は、三時、四時である。御家族の睡眠のさまたげとならないように、静かにして、床で夜が白むまで、読書をしたり、その日の行動計画を立案する。

新田宅では、三時、四時に目覚め、約一時間程寝床で勉強をして、六時頃に起床して外にそっと出て朝食までの間、庭の清掃作業をしたり、自家用車や社用車等を洗浄し、ワックスをかける。基本的に起床してから朝食までの間がボランティア作業をすることにした。朝食後は、自分の自由時間として、早く自由に東京中を独りで歩き巡る事ができるようになるために、先ず、書店で東京の地図を買い求めて小松川周辺を散策したり、荒川土手伝いに上下流を往来することにした。更に慣れるに従い距離を延ばすことにして、京葉道路にある荒川に架けられた小松川大橋を渡って、小菅や新小岩、小岩方面までも足を延ばし、歩き巡った。それで、江戸川区役所や、消防署、警察署等を確認することができた。小松川から都心の東京方面は、京葉道路の延長線上で、亀戸、錦糸町、両国、浅草橋、秋葉原と、国鉄或いは省線の京葉線に沿っていることも判明した。

こうして日毎に地理の範囲を拡大して自信を深めていった。靴底に穴が空くまで徒歩を続けた。一方、日曜、休祭日には、江戸川区内に居住する同郷の方々を訪問していくことも怠らなかった。それは、情報を交換したり、会話に慣れるのが目的だった。平井駅方面の逆井には、よく通った。

その後は、公共交通機関の乗降に慣れるために、都電を始め、トロリーバス及び都バス等を宛もなく、乗り降りしてみたり、とりわけ、省線の山手線や中央線は、安い料金で、暇潰しに利用した。腹が空くと、お茶ノ水駅のベンチに座してコッペパンと牛乳を駅売店で買い求め、食べながら、利用客の乗降を観察した。新宿や池袋、上野、東京、秋葉原等でも暇潰しで休んで観察し、大方の私鉄等の発着なども想像、推察することができた。それで、東京を始め、日本国内で迷い子になる心配はないと自信を持つことができたし、官庁等であっても一人で探して歩くことができると確信できた。

これで行動の自由を確保できた。

放浪生活への出発

居候予定の一ヶ月が迫りいよいよ放浪生活への旅立ちとなった。街にはジングルベルの音が鳴り響き、木枯らし荒む師走だった。

当然、結核の後遺症の神経痛に悩まされていたので、心配もあり、不安だった。

兎に角、地理に自信を得たので、予め考え続けていた修行を実践に移したいと心も逸り立っていたので、前日に飯田橋職安を訪ね、窓口も通さないまま、神田駅前のウインナーソーセージの卸し売りの零細企業で、無給住み込みで働くことにしていたので、当日の早朝は、家人達にも事情をお話ししてお暇を頂くことにしておいた。それで朝食後直ちに故郷から持参してきた柳行李を携えて未知の世界へと旅立った。

　半世紀以上前のことで、社名や場所等は忘れてしまったけれども、神田駅ガード下の前近くであったと思う。鰻の寝床のような細長い場所にある家内零細企業で工場があり、四、五人の従業員も地方の高校卒業生と、社長と専務夫婦が居て運営されているようだった。

　兎に角、ウインナーソーセージをブリキ缶に計数して詰め込み、都内の小売店を自転車に積んで卸売りする仕事内容だったが、身体が強健でない私には、無理があった。

　詰め込んだ荷物は、五十キロ程の重量があったので、体重五十キロ足らずの自分がそれを自転車に載せて不案内な都心を走ることは、危険で無理だった。でも慣れてしまえば不安も克服できるのではないか。と考えていた。

　兎に角、同年齢の若者達の前で弱音を吐くことはできない。「負けて堪るか」という意地もあったのだ。

　ところが、住み込みの仕事は、時間制限がない。睡眠時間は、二～三時間で、一日中都内を走り巡って夕刻四～五時に帰社するのだが、休む間もなく、明日の荷物の準備に取り掛からなければならない。更にその日の清算を終わると、午前零時過ぎ、それから銭湯に行き、寝るのは、午前二時である。午前四時には、就寝時間には無関係に叩き起こされ、朝食後に出勤する。それが日課である。

　就労五日目には、身体が意地に耐え兼ねたのであろう。以下に述べるような醜態で、病床で目覚めることになった。すなわち、専務が側に付き添い、額に冷たいタオルが載せられていた。「やっと目が覚めたか。」と専務の声がした。「何か変だどうしたのか。」と…。

専務の談話が続いた。実は、工場の中で、作業中に倒れてしまい、人事不省に陥り、ここへ運んで休んで貰い、看病をしていたのだという。私は全く前後の記憶がないのだが、何だか疲労が癒えたのであろうか、気分よく目覚めたようであった。同時に、自責の念に苛まされた。専務曰く、その状態では仕事を続けることは「無理だ。」と。即刻首切りを宣告された。私は「止むを得ない。」と承知した。

こうして私の最初の住み込み就労は、一週間ももたずに終わった。自分の弱さもあって、悔しい思いが残ったけれども、人を人とも思わない過労による醜態であったことは、争うまでもないのであったのだが、当時としては今日のような労働者を守る労働法も整って居なかったから泣き寝入りする外なかったのだ。

不幸中の幸いだったことは、路上ではなく、工場内で人事不省で倒れてしまったことだった。

仮に路上で倒れていたら、交通事故絡みとなり、死んでいたかもしれない。それを思えば、工場内で倒れて命があっただけでも助かったと考えなければならないだろう。それは神仏の計らいかも分からない。次にきっとよいことが待っているかもしれない。塞翁が馬の諺もある。

私には神様の御加護による運の強さがあると思った。私には、夢と希望がある。

こんな処で、野垂れ死にする訳にはいかないのだと、思うと前向きになれた。今夜の塒をどこにしようかと、肌寒い神田駅の階段を上りながら考え、野宿では間違いなく死んでしまうし、ホテルや旅館等に泊まる金銭はない。

ここは我を張っている場合ではない。再起を図るためにも恥も忍ばざるを得ない。足は自然に足立区の千住の兄の会社・東京製鉄内新田製鉄に向いていた。神田駅から乗り継ぎ乗り継ぎして千住の東京製鉄の正門に辿り着いたのは、午後の七時前でした。

師走の木枯らしが荒み、守衛さんに面会を申し出たが、もうすぐ「終業時間の七時になるので、出てくるからここで待つように。」との指示でした。守衛室で待たせてくれるのかと思い入ろうとしたら外で待たされた。室内は、ストーブが赤々と燃えていて暖かいのに、暖を取ることは許されず、外で待つようにとのこと。何と非情な人達だろうかと、思ったが、業務上のルールもあるのであろうと考え、言われるままに、外に出て、唇を紫色にしてふるえながら門前で待つことにした。真に都会砂漠が妥当な東京ではあると感じた。東京人は、自分自身が生きるのに精一杯で、他人のことなど庇うことなどしていられないのだろうと思われた。

時計が午後七時を回った頃、待望の待ち人が現れた。お互いに咄嗟に情が通じ合ったような気がした。

「待っていたのか。」との声、救われたと思った。

続けて「丁度よかった。」「一緒に夕食に行こう。」と誘ってくれた。夕食後は、新田製鉄の事務所で宿直に入るとのことだったので、その間、私は、事務所内の押入れの中で一夜を寝かせて貰うことにした。

押入れの中は、やや窮屈ではあったが、暖かく、久し振りに安心して休めたので、翌早朝には、従業員が出勤する前に、兄に従って朝食に出掛け、問題なく正門を出ることができた。朝食を相伴に与り、兄は出勤、私は、柳行李を携えて職探しに出掛けた。

ランドセルメーカーへの無給住み込み

東京製鉄の近くで、ランドセルメーカーで求人広告を目にしたので、これ幸いと掛け込み、社長・主人らしき方の面接に臨み、「物造り」に興味があることを伝え、即刻その日から住み込みできるようになった。

家の中に十坪程の作業場があり、ミシンやその他の関連設備がされていて、それに隣接して従業員専用の部屋も整っていた。

従業員は、ランドセル製造専門職人・男性（三十代後半）が居て、他は、主人夫婦とその後継者と目される息子（三十歳位）が従業員、それに私が従事することになった。家族は、息子の姉と思われる女性が居たが、この姉は外勤のようでした。真に家内工業という所だった。それだけに家族的で、マイペースで技術が取得できると思われた。

後継者と期待されている息子は、その仕事を受け継ぐ意志はないようで、仕事に対する取り組みも、義務的で消極的、従って親達としても、困惑のようで、小言も聞かれた。

このメーカーの問題点が、その一点にあるような気がしたので、気持ちよく、長く働くためには、息子さんを敵にするのではなく、味方に引き込むことが大切と考えた。

というのは、親の心理は、「どんなに不出来な子供でも、自分の子供程可愛い者はない。」という一般的な真理を私は承知しているからに過ぎない。兎に角、私は、技術の見習い人として働くのだから、どんな場合でも下手に出て指導を仰ぐことにしなければいけない。

案の定、住み込み数日後に、母親の小言を耳にした。「徳さんを見習いなさい」と……。

私はどこに居ても早寝、早起きは習慣だし、勉強も将来のために欠かせない。それを母親は見ていたようだ。私は困惑した。子離れができない母親の心理だと思われるので、私は冷静に受け止めていたので、両親の居ない裏で、息子さんに「気にしないで下さい。私は見習い人の身であって決して私を見習うようなものはありませんから、どうぞ、私を扱き使って下さい。それは私が望むところですから…。それにしてもあなたは、父親や母親が居て、愛されており、東京にこんな立派な家もあり、食べることにも事欠かず、その上に引き継ぐための仕事まであるとは、本当に運の良い恵まれた方ですね。私は、あなたとは、全く違い、南海の孤島の奄美大島の片田舎の小作農の次男として生まれ、父親が小学校の入学前に結核で死亡して、以来、貧困母子家庭の中で育てられ、自炊生活をしながら高校は卒業したものの、大学進学を希望していたが、現役受験も叶わず、こうして無給で放浪生活をしながら人生修行をしているのですよ。勿論、家は小作農ですので、それを家業として相続しても、安心して生きていけるように、開拓者として都会で、自分の好きな道を開拓していけますので、気楽で、逆に親にも干渉されないし、その分自己責任で生きていかなければなりませんし、苦労は耐えないのです。」と…。

「私に比べれば、あなたは恵まれていますよ。」と話した。そのためか、私がその職場を去るまでには、一度も息子さんに苛められたという記憶はないし、むしろ親しく接し、いろいろと指導を賜った。お陰で私は、ランドセル製造の技術を覚えることができた。

さて、受注の商品を、先輩方の指導でお手伝いをしながら、仕上げて、受注先に納入したのだが、ここでは代金が滞納し、次の製品の原材料が購入できないということで、私は、ここでも、解雇されることになった。

僅かに三ヶ月の研修をさせて頂いたようなものだった。

通勤就職への転換

二度の無給住み込みで分かったように、余りに目まぐるしく短期間に変わるので、期待したような成果を挙げることはできないと推察された。そのために、これからは、無給住み込みから足を洗い、通勤をしてみたいと考えた。それに当初とは異なり私も東京にも慣れたし、不況はどん底を突き、世の中も動き出したように感じられた。

ただ、通勤就職となれば、その前に定住が不可欠である。先ず、それを解決しなければ、進めることができない。

私は、かねがねから、兄が勤めている会社の若衆の同僚達とも親しく接していたので、意志を計っていたし、「共同で部屋でも借りようではないか。」と、話し合っていた。

そこで、兄に保証人に立って貰うことを条件としてお願いし、兄が常連客となっている食堂のお上さんに部屋探しを相談することとした。その結果、今は、空き部屋としては特にないが、ただ、食堂の二階には、四畳半程の物置きがあるだけと言う。そこで、その物置きを拝見させて貰ったところ、壁はダンボールで、天井から裸電球が一つぶら下がっていたが、雨漏れがするようでもなかった。田舎者の男子四人が、雑魚寝をするだけならば、何も不足はないと判断されたので、兄を保証人にお願いして共同で借り受けることにした。お序でと言っては恐縮であるが、朝夕の食事は、一階の食堂で付けでさせて頂き、毎月末に家賃と共に一括清算させて頂くことも了承された。こうして日常生活をするための体制が整った。後は、その生活を維持するための就職をすることだ。

この部屋は、泊まり始めて困ったことが起きた。というのは、壁がダンボール壁だったので、先住民のアブラ虫の巣でもあることが判明したのである。寝付こうと電気を消し、うとうとしかけたかと思うと、アブラ虫がお出ましになり、ぶんぶんと飛び交うので安眠できない。

寝付いてしまうと、アブラ虫の餌食にされた所が腫れ上がってしまう。明かりをつけて見張りを立てて交互に寝る始末だった。

家賃が安い代償と観念しなければならなかった。

初の本格的就職試験に臨む

定住が決まり、直ちにその日の午後には、足立職業安定所に駆け付けて職探しを開始した。希望の職種は「化学関連の製薬会社」で情報の有無を申し込んだところ、幸いに江戸川区の新小岩駅の近くに、エスエス製薬の子会社が求人募集のため入社試験を実施していることが判明した。

早速、紹介状を携えて応募し、入社試験の筆記と面接に臨んだ。試験の詳細については記憶にはないけれども、難なくできたように思う。翌日には、合格通知と共に、出社の通知が届いた。予定の時間に出社してみたら、ガイダンスがあり、配属先が決まったと知らされ、配属先は、高校時代から私が憧れていた職場で、「虫下し」を製造する薬品を取り扱う現場だった。希望通りの現場で誠に欣喜雀躍だった。長い道程ではあったけれどもやっと目標に一歩近づけたように思われた。ところで、この会社は、従業員は、五十人足らずの株式法人の中小企業だったけれども、社内には、社員食堂も設置されており、割安で昼食も取ることができて助かった。

それに小なりとは言え、労働組合も結成されていて進化していると推察された。

就労二ヶ月程で、諸先輩方のよき指導もあって、製品の虫下しの初品を製造することができた。そして発注先の本社に納入することができ、一安心していたところ、経営の風は誠に妙な生き物のようである。本社が不渡りになり倒産してしまったとの情報が未納の代金代わりとして入ってきた。全く狐に摘まれたようで仰天した。お陰で小社でも即、連鎖倒産することになり、又もや解雇の憂き目になり、折角入社試験を経て就職したと思ったのに、喜びも束の間で、元の木阿弥となった。従業員全員が解雇となり、職を失うことになってしまった。

こうなったら幾ら嘆いても詮ない。早く心を洗い直して次の就職口を探さなければならない。ただ短期間の就労ではあったけれども、二つの目に見える勉強をすることができて幸いだった。すなわち、一つは、労働法に基づく労働組合が結成されていて、一ヶ月前の予告なしの解雇に対して経営者側との団体交渉が持たれ、給与一ヶ月分が支払われることになった。それは、次の仕事を探すための活動資金に利用することができ大いに救われた。その二つは、円満退職までは三ヶ月程だったが、就労二ヶ月程、現場の危険物取扱い場で、勤めていたことが認定されて、当時制度化された消防法による「危険物取扱主任者」の免許証を取得するための受験資格を取得することができたことだ。私は直感的にこの免許証は、これから先々に必ず必要な免許証と考えられ予てから「化学」の勉強を欠かさずしていたので、自信もあったし、いい機会と考え、受験することにした。その結果、「危険物取扱主任者『甲種全類』の免許証」を取得することができた。小社でのこの免許証での恩典はなかったけれども、後述するように、大きな武器となり、それで、大学を無借金で卒業することができた。何処にあっても「チャンス」はあるもので、『そのチャンスを物にする』ことが如何に大切かを悟った。

前向きになると、チャンスはすぐに巡ってくるものだ。円満退職した翌日には、次の仕事に就職することができるようになった。兄の友人の縁故で、日本橋の方で、清涼飲料、インスタントコーヒーを製造販売している小社があって、夏場の三ヶ月は、特に繁忙で、アルバイトを募集しているとの情報が持ち込まれてきた。要するに三ヶ月間の契約社員である。他人に望まれて仕事をするということは、世の中の役に立つように思われたので、池田勇人首相の所得倍増計画が発表されたのはこの頃だったように思われたが、私の放浪生活も打止めの時期に差しかかったとの思いの予感があり、快諾してアルバイトを引き受けることにした。行ってみたら、従業員十名足らずの有限会社富塚清涼飲料製造会社であったが、私同様の高校卒業生や大学在学中の学生達がアルバイトに来ていて、大いに会話も盛り上がり、コミュニケーションを磨くのに勉強となった。業務内容は、製造したコーヒーを瓶詰めするのだが、古い瓶を再利用するので、洗浄、殺菌するのが主な仕事で、特に新しい技術を学ぶことにはならなかったが、新しい経験を積むことができた。インスタントコーヒーの掛け出しの時期だったので、製造したものは、留まることなく、どんどんと出荷されていき、製造を休むことができない程だった。コーヒーの外に濃縮シロップ等も製造され人気のようだったが、夏場の需要は、何時でも大変なものだった。

同じ年代の若者達だったので、残業なども好んで勤めたが、それでも皆、エネルギーがあり余っているのか、昼食後の昼休みには、行き止まりの道路上に円を描き、土俵として、お互いに相撲を取った。お互いに若いので負けん気も強く、強いと何人も相手にせざるを得なかった。そんなことで、お互いに親しみも深まり、友人の一人の姉が後楽園のスケート場に勤めているとのことで、皆んなで、ローラースケートをやりに行ったりした。私は初めての経験で、走り出したら、止まることができず、リングに衝突して気絶し、目覚めたのは救急室であった。

大学生等も休みにはアルバイトをしたりして稼ぎながら通学しているのが多いことも分かったし、皆生き生きとしていて頼もしかった。

三ヶ月の契約期間は、瞬く間に過ぎてお互いに離れ離れになって散っていった。

出会いあれば、別れありの世の中である。

お互いに今日の一日を生きるのに懸命で、小言を言ってぐずぐずしている者はなかった。

それが若者の青春の特権だと思われた。

三ヶ月間の契約期間が終了しようとしていた前日に、何とも言えない胸騒ぎがして、久し振りに、小松川四丁目の稲垣の伯父、伯母さんの元気な姿を拝みたいと懐かしさが込み上げてくるのを感じた。

富塚の人気のインスタントコーヒーを手土産に購入して、訪ねてみることにした。今考えてみると、虫の知らせと言うのだったようだ。彼岸も迫った秋だったが、丁度示し合わせたように、お二人は在宅だった。

お会いするなり、挨拶もそこそこに、まるで犯人にでも尋問するように、伯父さんは、「今どうしているか。」と尋ねるのです。私は、その真意を計り兼ねて返事に窮していると、「いやね、実は、私の事務局の職員が退職したので空きができた、君はどうかな。」と「待っていたんだ。」と言うのです。実は、稲垣の伯父さんは、(社)江戸川工場協会の事務局長を務めていました。

そこの従業員が退職して欠員ができて補充をしないといけないが、「君はどうかなあ。」と待っていたと言うのです。やっと話の真意が理解できた私は、昨日までの経過を説明し、これから、次の仕事を探そうとしていたところですと、話した。

「そうか、それは丁度よかった。」と言って、話を次のように続けた。「欠員の業務内容は、江戸川区内の会員会社の毎月の集金です。入社当初は臨時雇員ですが、労働法に従い使用期間の三ヶ月が過ぎたら、初日に溯り正社員になれます。

そうなると、社会保障も全て受けることができるし、更に、（財）結核予防研究協会の宿直もある。昼間は事務局員として働き、午後十時から翌午前八時の間は宿直員となる。勿論、宿直員は、一ヶ月六千円なりの給与が支給されるし、昼間の事務員の給与とは別途支給される。もし夜間大学に通学したいのなら、それも可能です。」とのお話でした。

話を訊き終わると、世の中には、こんなに素晴らしい話もあるものかと、これこそは、神様のお導きによる賜物であると考え、感謝の心で、「是非私を採用して下さい。」と懇願した。こうして、昭和三十三年十一月から（社）江戸川工場協会に就職することになった。

昭和三十一年に高校を卒業して上京後、足掛け三年の歳月が過ぎ、三浪したことにはなったけれども、やっと安定した職に就くことができた。放浪の修行を経て、都内の地理も、言葉も克服して、集金業務にも何の支障もないし、安心して勤務することができる。食事は、伯父・伯母さんと一緒にさせて頂くことにして、食事代として一月三千円を支払うことになり、入浴も自分が焚いて入ることに、万事至れり尽くせりの有難い恵まれた条件である。放浪生活中の苦労を思えば、苦労した甲斐があったというものである。

十一月の一ヶ月後には、早くも、（財）の宿直料六千円が支給され、誠に幸せな気分だった。

幼少の頃から、自分で働いた金で、勉強机一式を買いたいと考えていたので、一晩だけ給与袋を暖めて寝て、翌日には、お隣の飯田家具店から、気に入りの机と椅子、本棚を購入し、宿直室に入れて勉強を始めることにした。六千円は全部はたいて購入した。至福の時を過ごすことができた。

「今度こそ神様が授けてくれたチャンスだ。」と思われ、大学進学を真剣に考えることにした。高校時代は、世の中の経験もなかったので、宮城県仙台市の国立東北大学の野副鐵夫教授の研究室に憧れ、進学しようと希望していたけれども、もう三浪してしまい、「時は金なり」で、これ以上、年を重ねることは無理だと思い、この経済的に恵まれたこの会社で昼間働きながら、夜間大学に進学する方が現実的と判断されたので、東北大を改め、東京で、理学部化学科のある、東北大にも勝っても劣らない実力が養える大学を目指した方がよいと初期の志を改めることに決した。

高校時代にも、そうした夜間大学も想定して綿密に調査検討をしていた。

それが、ここに来て役立つことになった。

それは、東京物理学講習所或いは旧東京物理学校と称された学校で、現東京理科大学である。

本校は徹底した実力主義で入学は容易であるが、卒業が困難という評判の学校で、大学になってからも、その伝統は引き継がれていると名を馳せているとのことなので、それは現役受験生向きというよりは、社会経験を積んだ浪人生向きの大学と考えられた。

三浪してしまった今となっては、入学してから懸命に勉強するしかないと考えていたし、幸いなことに、放浪生活中に所在地も中央線の飯田橋駅前で、小松川から片道三十分程で通学できることを確認していたので、交通の便もよいことも確かめていた。

東京理科大学（以降単に理大と称する）の選択理由の最大、最善な点は、特別認定制度を有することだった。

この特別認定制度というのは、一般学生コースの学生とは異なり、好学心旺盛な学生のための特別な制度で、他大学の理系夜間部にもあるのかどうか当時は分からなかったが、本大学特有のものと考えていた。

私は、大学に進学したら、高校教員免許証を取得すること及び大学教育の集大成として、必ず四年時に卒業研究論文を履修することを目標に掲げていたので、一般学生コースでは受講時間が足りないので履修することが不可能である。それを可能にした制度が、特別認定制度である。要するに、夜間の受講時間だけでは、足りないので、その足りない分を昼間に振り向けて補い、昼間の学生同様に卒業研究論文等を履修させて勉強させようとの、誠に有難い制度である。特別認定の意味は何処から生じているかを考えてみると、国家（文部省）の大学による使命は「教育と研究」となっているので、大学の使命に適し、或いはそれ以上の人材や設備を有する研究・教育機関を大学側が認定して、そこへ学生を預けて大学教育の一端を担って頂き勉強をさせようとの事のようである。

研究・教育機関のメリットは、夜間生を三〜四年間預かることによって、人材不足を補い、割安の賃金で、独自の研究を進めることができるというものでしょうか。他方大学側のメリットは、学生の多様な希望に応えることができるということで、教育の中味を広げることができるということだろうか。

一方、我々学生としては、学外で社会性を身に付けながら、昼間生と同等程度の余裕ある勉強時間を得ることができるので、種々の国家資格等を取得することができること、更に、その職場で成果を挙げて認められれば、そのまま引き続き就職の道も開かれるということだと思う。

兎に角、一石二鳥どころか、三方が得する優れた制度である。しかし、それだけに厳しい掟を順守しなければならないし、一般コースに比べて「茨の道であること」を承知し、覚悟を以て臨まなければ、大学の名誉を傷付け、研究・教育機関にも迷惑を掛けることになる。

因みに、後に、私めは、一年の教養課程から専門課程の二年生に進級する時点で、研究・教育認定先を紹介して頂き、日雇三百円で臨時雇員として勤務することになったが、その間に国家公務員試験に合格したので、即、大学の卒業を待つこともなく、二年生で就職が決定し、正規雇員となり、社会保障も受けられるようになった。

受験する大学は、理大理学部Ⅱ部化学科と決定したところで、昭和三十四年四月入学生の試験がまだ間に合うのではないかと考え、直ちに飯田橋の本校に出向き、確認したところ、Ⅱ部学生のための最終試験が二月にあることが確認されたので、願書を頂き、必要書類を整えて出願し、受験に臨んだ。

結果として合格の通知を頂き、同年四月の入学式を以て大学生として勉強ができるようになった。協会に勤務してから、僅かに半年の歳月の間だった。

希望の人生への門出

一年前を顧みると、その頃は、希望のない暗夜行路の放浪生活の途上であったが、今は希望の人生への門出の時である。その間の変転振りは、誠に夢・幻のようではある。しかし、もう夢や幻と言って居られない現実となったのだ。もう、これからは、従来の生活習慣からは確実に足を洗い、新たな希望の人生に確実に自助努力を重ねていかなければならない。そのためには、先ず、目標を明確にしておかなければならないだろう。

私には、二大目標なるものがある。先ず、その第一は、「安定した生活を築き、維持するための収入源或いは、大学で勉強するための授業料等の資金を稼ぐための仕事」である。

その第二は、これが私の最終的な最大の目標であるが、大学に入学した以上、しっかりと勉強して卒業すること、そして最終目標の目指す「有機化学者」を達成するために条件となる就職をしなければならない。そのためには、在学中に達成しなければならない目標もある。

その一は、夜間生であっても最短の四年間で確実に卒業すること。

その二は、高校「理科」の教員免許証を取得すること。

その三は、四年時に、卒業研究論文を履修すること。それは、大学教育の集大成という意味合いがあるからである。更に、それを履修しなければ、卒業しても昼間の学生に実力が劣ると社会から評価され兼ねないからだ。

その四は、無借金で卒業すること。

現在の大学等の卒業者達を観察していると、奨学金制度が改善されたことで、借りやすくなったのか、四、五百万円の借金を抱えて卒業しているようだが、借金はたとえ無利子であったとしても必ず返済しなければならぬ借金である。

私のような貧困家庭に生まれ、貧困母子家庭で育った者は、金は使えばなくなるが、それを稼ぐには、大変な労力と時間を要し、中々容易ではないことを充分に承知しており、借金は必ず返済が義務であることを心得ているので、どんな場合でも無用な借金はしないのが原則である。たとえ四、五百万といえども、借金を抱えて卒業すれば、前向きに社会で生きようとしても、出遅れる元になる。たとえ就職したとしても、毎月の安給与から、五万～十万円を支払うことになり、適齢期になって結婚するにしても、家賃すら支払えなくなる恐れがあるのだ。従って私は、せめて大学を卒業して社会に出るためには、一般の家庭の子弟と同等に社会で競うことが可能なように、無垢で無借金で卒業しなければならないのだ。

大学で勉強するに当たって四つの大目標を掲げたが、それらの目標を達成するためには、認定制度の学生にならなければならない。そのためには、厳しい茨の道であることをよく覚悟しなければならない。勿論その覚悟を以て臨む積りである。

入学式と新学期

待ちに待った入学式であり、嬉しかった筈であるのに、その記憶は殆どないのである。それは新学期へのスタートの準備に没頭していて、授業料の納入を始め、教養課程で使用する教科書等の購入及び辞書や学用品等の購入準備等に忙殺され、嬉しさを感じる余裕が心になかったものと思われる。

その上、就業の方も昼夜に跨がるので、その時々の時間を消化するのに追われていた。大学における勉強も特別認定制度を選択する予定でいるので、一年生の教養課程の段階から気合いを入れて勉強し、必須科目等もパーフェクトに単位を取得できるように勉強する必要があった。そのためには、先ず、社会人としての顔の仕事を、充分に果たす必要がある。そのためには、一日二十四時間のスケジュールの行動計画を明確にしておく必要がある。（行動活動計画表参照）（表1）

仕事

1．（社）江戸川工場協会
（8：00 ～ 16：00）
午前中
○会員会社の集金
○開門と清掃
○集金の清算、現金の収納、引き継ぎ

2．（財）結核予防研究会診療所、宿直
（22：00 ～ 8：00）
午後
○開錠、所内点検確認、清掃
○ホウレンソウ（報告、連絡、相談）
○引き継ぎ

大学

3．理大授業（18：00 ～ 21：00）
○登校（16：00）～下校（21：00）
○予習・復習20 ～ 30分（早朝と車中）

4．健康管理
○食事：栄養バランス注意
○運動：自転車による集金中に気分転換
○休養、入浴　週：２回
荒川土手早朝散歩
入浴後30分昼寝

表1

先ず仕事の件から、午前八時に協会事務局に出勤し、開門して職員の出勤を受け入れ、朝礼後に自転車で会員会社へ集金に出発、昼前に帰社して昼食を取り、一時間休憩後に午後の集金に出発する。午後の四時前に帰社して当日の集金を清算し、現金を収納・引き継ぎ退社して登校する。

午後六時から始まる講義教室に直行し、前列の座席を確保するために、荷物を置き、次に学生食堂に駆け付けてパンと牛乳の軽食を摂り、再び教室に直行して受講を待つ。三時間の授業終了二十一（九）時になったら、直ちに飯田橋駅に駆け付け、定刻の電車に乗る。予定の電車に乗り遅れると、待ち時間をロスして、次の宿直勤務に間に合わなくなるので注意を要する。帰宅すると、遅い夕食を摂り、十時からの夜勤に就く。

宿直勤務就労

先ず、所内に異常がないかどうかを引き継ぎ確認するために、所内を巡回点検をする。

異常がないことを確認できた処で、宿直に入るが、仮眠は原則として午後十一時頃から午前の二時頃までの約三時間で、起床と同時に巡回点検をした後に清掃をする。清掃が終わったら午前八時までの引き継ぎ時間までは、大学の予習・復習をする。その間に朝食も済ませる。

高校時代から念願であった大学進学は、（社）江戸川工場協会に就職し、馬車馬のようにわき目も振らず、昼夜働くことによって短期間で、夜間大学の理学部化学科に入学することができた。今後は、化学の基礎勉強をしっかりとすることである。そして確実に卒業することが大切である。その間には、大学二年生時の専攻課程では、大学の特別認定制度の学生として大学の認定教育・研究機関に転職して、しっかりと化学の基礎勉強を充実する必要がある。それは、又、大変に茨の道ではあるが、油断なく、進めなければならない。

学生としての顔と社会人としての二つの顔で、二足又は三足の草鞋を履いて勉強することになった。

この江戸川工場協会は、大学進学への足掛かりを与えてくれた文字通り、東京での本格的な踊り場となった職場で、縁を付けて下さいました今は亡き事務局長の稲垣栄重様に心からの感謝を申し上げ、衷心からの御冥福をお祈り申し上げます。

第二章　夜間大学時代（特別認定生）時代

1　教養課程の一年

はじめに

今年傘寿の祝いを迎え、我が人生を顧みた時に、あの夜間大学時代の四年間は、真に我が人生のハイライトの時期であったたと思う。

大変な逆境の中ではあったが、堅忍不抜で自活しながら、只管、夢・志「有機化学者」への挑戦を追求して刻苦勉励に明け暮れた幸せな黄金の日々であった。

高校卒業から三浪そしてやっと経済的に安定した職場・(社)江戸川工場協会(以後単に協会と称す。)で、東京理科大学理学部(Ⅱ)化学科に入学を果たし、昼間は自転車で巡回しながら、協会々社の会費の集金を務め、夜間は、(財)日本結核予防研究会の宿直を勤務しながら、教養課程の一年生を修了し、いよいよ専門課程の二年生に進級することになったのだが、私は、一般の夜間生の時間割では、自分が希望している有機化学の勉強が叶えられないと考え、理大が認定している教育、研究機関に昼間勤務しながら化学の道を徹底的に深めたいと考えて、特別認定制度の学生に指定して戴くことにした。

その認定された場所が、世界の三大研究所の一つの（社）北里研究所（以後単に北研と称す）で、古い研究所だけに設備も完備しており、申し分なかったが、玉に瑕は、日雇い三百円と、安価で、自活しながら勉強をしている私にとっては死活にかわる人生の一大分岐点で、迷妄することになった。

迷妄の末に、夢を優先させた。

昭和三十五年四月から北研で認定学生として勤務勉強することになった。案の定、就労三ヶ月で、大学の授業料は勿論、自分の日々の食料費にも事欠く、金欠病に悩むことになった。北研から実費として支給される交通費も、節約するために、早起きして交通機関を使用せず、徒歩で一時間程かけて通勤する始末だった。その代わり、有機化学の勉強は、飛躍的に進み、先生方からも信頼されるようになった。

捨てる神あれば拾う神ありでその後に、予想外の危険物取扱い主任者講習会向けの派遣講師の要請を受け、更に、国家公務員試験にも合格することになり、北研から、臨時雇いから本雇員への格上げとなり、社会保障も受けられるようになり、就職も決定し、金欠病も一挙に解決して生活も安定することができた。それによって理大の卒業までの授業料も完納することができ、待望の卒業研究も後顧の憂いなく励むことができた。

北研に転勤する時に、あれ程悩み抜いたのは、何だったのだろうと、思うばかりである。

四年の卒業研究では、大学教育の集大成として、有終の美を飾ることもでき、又、念願の高校教諭の免許証も取得することが叶い、大学の目標は、万願成就して、卒業することができた。理大卒業後も、予想外に、天職を得ることになった。その勢いは、社会人時代にも持ち越されてきた。

筆者は夜間大学時代に、将来の有機化学への万全の基礎（大道）を開拓することができた。

北研への感動の初出勤

N・T先生と、午前九時半に、化学部有機化学研究室で待ち合わせ、私は五分前に出勤していたが、とても緊張していた。

予定通りに出勤された先生は、自室に入り鞄を置くと、私の待機していた部屋に現れ、二枚の白衣を私に差し出され、

「これを作業着に使いなさい。そして週一回に洗濯屋さんが来るので、皆でまとめて洗濯に出します。」更に、大学ノートと筆記具を手渡しながら、

「実験記録はこれに取って下さい。使い終わったら請求しなさい。それにこの実験ノートは外部に持ち出さないように。実験台と机及び椅子は、この部屋の空いている所を使うようにしなさい。」

「最初は勝手が分からないと思うけれども、その時は、この部屋の吉井君に聞くようにしなさい。」と指示をされた。その部屋にはもう一人白水さんと言う女性が居ましたが、この方は吉井先生の後輩で、昭和薬科大学卒業の薬剤師さんでした。お二方に、

「徳でございます。どうぞ宜敷く御指導の程お願い致します。」と挨拶をさせて頂き、当室の仲間入りをさせて頂いた。

なお、私の机と専用の実験台は、先ず、部屋の中央に、約4m×2m、厚さ約5㎝の木製の実験台一つがあり、その実験台の広さの四分の一が、一人分の実験台になっており、奥の二台はお二方が占め、入口付近の二台が空いていたので、窓辺寄りの実験台を私の実験台として使用させて頂くことにした。

　実験台にはガス栓や水道が取り付けられていたが、建物自体は木造二階建てであったし、一階が有機化学三部屋、二階は無機化学三部屋があったが、勿論、床も板で隙間だらけで、冬場は隙間風で寒かった。ただ、危険物の溶媒等を使用するので、揮発した溶媒が密閉される心配がなかったのが救いだった。

　唯一の暖房は、都市ガスで、ガスコンロに空きアルコール缶の底を切り抜き、脇腹に空気抜きの穴を空けてコンロ上に被せて暖房兼、器具等の乾燥器としても活用していた。

又、机は、北側と西側の窓辺に長さ約10m×0・8m、厚さ約3㎝の板が夫々に取り付けられていたので、そこが机代わりだった。

私は北側に面した大きな流し側の空きスペースを自分の机と決めさせて頂き、利用することにした。流しの側というのは一般には、避けたい場所であるけれども、私は好んで人が避ける流し側や実験台の流し近くを勉強机或いは筆記台に選ぶ。その心は、「化学の研究は、『実証実験』があってのものである。」という考えから、実験、或いは、実験台から離れては、発明、発見は覚束無い。要するに実験中心主義者だから…。

流しの側で、洗い物などの際に、立ったり座ったり、無駄な動きをすることもなく、時間の節約もできるからである。

こうして研究室内での居場所も整い、実践活動の体制が着々と準備された。

自分の机の周囲を清掃することにした。

そのために着替えを行うことにして割り当てられたロッカーに荷物を収納し、真新しいMサイズの白衣に袖を通すべく鏡の前に立ってみた。

「馬子にも衣裳」とはよく言ったもので、吾れながら「如何にも新米の研究員らしく見えた。」と思った。同時に余りにも晴れがましくて気恥ずかしいと感じた。しかし、真正の研究者、夢の「有機化学者」に成長していくのは、これからの努力次第であるけれども、ここに至るまでの道程を顧みると、決して平坦ではなかったとの思いが込み上がり、感無量で心身が引き締まり、これでやっとスタートラインに立てたと勇気が全身に漲るのを覚えた。

確かに自分の夢の実現に近づいていると、実感した瞬間だった。

こうしてその日は、準備体制づくりと清掃で終わったけれども、帰宅しないで、そのまま研究室に泊まり込んで勉強したい気分だった。

折角時間があるので、登校して畑一夫著の『基礎有機化学実験書』を購入し、早速、帰路車中で貪るように読み始めた。

本著は、確かに聞きしに勝る名著と感銘を受け、本著は、私の座右におき、バイブルとして繰り返し精読することにし、一～二ヶ月中にマスターすることに決めた。

祖父の言う実学への教訓が、初学生のために余すところなく網羅されている、と考えられた。単に知識だけを吸収するに止まらず、技術的にもクリアできるようにしたいと考え、当分の間、本著を自分の身体の一部の積りで、肌身離さず持ち歩き、僅かな隙間時間でも開いて読み続けることとし、研究室では、座右に置き、技術取得にも全力で活用することとした。

当時は、研究室においても、まだまだ物不足の時代だったから、少々のガラス器具の破損は、修理して使用した頃だったので、ガラス細工などができれば大変に重宝がられたものだ。

私は、小学生時代から比較的に手先が器用で、物造りにも興味があったし、研究室では忽ちガラス細工の虜になり、短期間で、少々の物は自分で造れるようになった。

とりわけ、固体の融点を測定するために頻用する融点測定用毛細管は市販品もあるが、自作品を提供して喜ばれ、信頼を得ることができた。殆どの先生方が毎日使用する毛細管も買うとなれば、馬鹿にならない。

一度使用した毛細管は、再利用が適わず、完全な消耗品だからである。私は、直径1㎝×長さ1ｍのガラス管を購入し、20～30㎝の長さに切って、重クロム酸カリウム液に一晩浸けて洗浄乾燥してブンゼンバーナで加熱引き延ばし、市販品同様に細工するのだが、20～30㎝のガラス管一本から数十本の毛細管を仕上げる。しかも自分の実験と平行しながら行うので、殆ど手間暇を掛けずに製作することができた。もう一つの私の密かな楽しみは、実験使用済みのひどい汚れの器具類が流しに出されていると、手間暇掛けずに再利用できるように洗浄することである。

これは初学者にとっては自分の化学的知識や技術を啓発する機会になるからである。問題を見つけてそれを解決することが何よりも楽しいのだ。

一般にガラス器具の汚れを洗浄する方法には、①単なる水洗でよいもの、②通常の石けん水で洗浄するもの、③水溶性有機溶剤或いは親油性有機溶媒で洗浄するもの、④酸やアルカリ水溶液などで洗浄するもの等々種々あるけれども、それらの何れの方法を用いるかは、基本的には、その人の化学的知識や見識に左右されると思われるが、私の場合は殆ど百％洗浄する自信があったし、洗浄できないものは皆無だった。

このことからも化学物質に対する見識にも大きなものがあったと自負している。

新学期の四月からの研究室内における試薬やガラス器具類などの適正管理に関する下働きによって、実に様々な試薬やガラス器具類の名称や諸性質並びにそれらの利用方法などを、学習することができた。好きなこととはいえ、一ヶ月程の短期間で、沢山の有機化学的知識を取得することができた。

今日か、明日かと待ちに待っていたその日がついにやって来た。すなわち、実際に下働きから実験をさせて頂く機会である。

それは、市販の有機溶媒、エチルアルコール（単にアルコール或いはエタノールとも呼ばれている）、エチルエーテル（単にエーテルとも呼ばれている）、及びベンゼン等の溶媒の無水物を作れという実験だった。

それらの市販の有機溶媒は、一般には若干の水分を含有しているのだが、勿論それらの溶媒には無水物も市販されているけれども手間暇を掛けて精製しなければならないので、高価になる。従って時間的余裕がある研究室では、安価な含水物を購入して無水物を精製すれば、多量に使うこともできる訳で、初学生のための訓練実験としてはよいのだ。しかもそれらの有機溶媒は揮発性の引火性の危険物だから、注意を怠ってはならないので、緊張感を持って実施することが求められるし、蒸留技術の取得にも優れている。蒸留技術は、液体の純化分離方法として有機化学実験では頻用される技術で、これをマスターすることは大切である。

これまでの作業では、ガラス器具類についての知識を机上で主に勉強してきたが、実験によって各々の器具を物質の性状に応じて適材適所に連結して装置を組み立てて、その装置を操作して内容物の性質、蒸留の場合は、各々の溶剤の沸点によって分離分取することである。要するに装置の組み立てや操作が適切に行われなければ、器具を破損し、実験を失敗するどころか大きな災害を引き起こしたりしてしまう。従って実験器具の取り扱い等についても、手の感触などで充分に慣れ親しんでおくことが大切である。これらの一連の実験の機会は、それらを克服するための又とないよい機会となる。

消防法では、金属ナトリウム、アルコール、エーテル及びベンゼン等は、全て危険物に指定されているもので、貯蔵量にも一定の制限（それを指定数量と言っている）が設定されている。研究室等では、少量取り扱いのために一般には、自主管理に委ねられている。異種の危険物が多種類に及ぶ場合には、各々の指定数量の総和による規制がある。

さて、前記の危険物、金属ナトリウムや各溶剤等の取扱い点について参考までに復習しておくと、金属ナトリウムは、空気中では、酸化しやすく、水と激しく反応して水素ガスを発生し、発火爆発するので、通常、石油中に保存した状態、柱状、球状で市販されている。他方、前記の三種の有機溶媒は、沸点がアルコール七八・三、エーテル三四・五及びベンゼン八〇・一℃のいずれも無色の液体で、引火性があり、何れも揮発性があり、特にエーテルの揮発性は高いので、その取扱いの際は換気に留意することが大切である。静電気を起こしやすいナイロン製靴下などの静電気で引火爆発することも知られている。

有機化学実験では、前記の溶媒は頻用されるが、特にデリケートな実験では、無水物が大量に利用される。その無水物を自製するには、市販品に含有される水分を金属ナトリウムと反応させて除去後、精留することによって純化して得られる。

溶剤中の水分が減少することによって反応速度は緩慢になるので、特にアルコールはナトリウムとも水同様に反応するので、予め計算量を決めて用いる必要がある。所定量を添加し終えたら一晩程寝かせてから蒸留するようにするとよい。

焼酎の水割でも分かるように、アルコールは任意の割合で水と溶け合うけれども、エーテルやベンゼンには、水が若干混ざるが、アルコールのように任意に溶け合わない。どちらかと言えば、親油性が強く、親水性とは正反対の液体だからである。

水とベンゼン及びエーテルを一対一を混ぜ合わせて激しく振盪して静置すると、直ちに二層に分離する。下層は水層で、上層がエーテルやベンゼンである。

この事実からエーテルやベンゼンの比重は水の比重一よりも小さいことが分かる。

このような液体の溶解度や比重などの物理的性質を熟知することは、実験を正確且つ迅速に行なうための重要な要素でもある。

例えば、エーテルやベンゼンを蒸留するのに、個々の液体の沸点を正確に記憶することは、極めて大変であるけれども、すでに記憶している例えば水の沸点百℃と比較して、一束絡げに沸騰水溶物熱源で蒸留が可能か否かを考えるならば、実験装置を効率的に組み立てることもできるし、且つそれらの液体の沸点の概略値を容易に記憶することができる。

このようなことが実験の知恵であり、そのような知恵を磨くことが実験の目的だと私は捕らえているし、実験がとても好きで、興味がある。このような実験の知恵の差が、要するに将来の研究成果の格差に結びついてくると私は考え、特に大事にしている。

アルコール、エーテル及びベンゼンの沸点は前述の通り、百℃以下だったから、それらの蒸留の熱源としては、沸騰水浴で充分であることが理解される。ただ、水浴からの水分の蒸気が完全無水の障害になるのではと懸念されるが、その際は、装置の組み立ての際に塩化カルシウム管等を用いて装置内と外気とを直接触れさせないように工夫する必要がある。要するに実験は、頭脳は勿論、手足を動かし、身体髪膚を働かせる行為であるので、頭脳だけで憶える机上の勉強に比べて遥かに記憶力を高める行為と考え、実験は絶対にその人に真実を以て報い、決して嘘をつかないのだ。仮に不測の結果が現れたら、それは、自分がどこかで間違えたと考慮すべきである。

幼少時から物造りには人一倍関心があったので、器用な性分であったと思われるが、それだけに実学的な実験者向きだと思われる。

こうして液体の純化の方法の一つである、常圧蒸留技術をマスターすることができた。

有機化合物の合成実験

有難いことに、ベンゼンを出発原料とする次のような化学式で示される一連のニトロベ

	NO_2	NH_2	$NHCOCH_3$
ベンゼン →	(1) →	(2) →	(3)
	bp 210.9	bp 184.1	融点（mp）
	ニトロベンゼン	アニリン	113 ～ 114

ンゼン（１）、アニリン（２）及びアセトアニリド（３）を合成する実験を授かった。

ニトロベンゼン（１）は水に不溶性で、沸点が高いため、水蒸気蒸留により反応溶液から分取する。この際には激しく蒸気が飛び出すので、冷却効率の高いアーリン冷却器（球入り冷却器ともいう）を使用する。

（１）の精留では、リービッヒ冷却器を用い、アニリン（２）の合成では、空冷管を使用し、沸点の高低によって種々の冷却器を使い分けることを学んだ。

以上は液体の純化についての技術であるが、アセトアニリド（３）は融点が１１３～１１４℃の固体である。固体の純化方法には、再結晶化なる技術がある。すなわち、所定の固体を適当な溶媒に加熱溶解して熱ロ過し、脱色のために活性炭を加え、熱ロ過する。ロ液を静置放冷し、析出する結晶をロ取するものである。

この場合は、溶媒に対する目的物と不純物との溶解度の差を利用して純化するもので、従ってこの場合には、適切な溶媒を選択することが極めて重要である。

アセトアニリド（3）は、水から再結晶すると、無色板状晶として得られ、その融点は113～114℃でした。結晶形は、溶媒によって変化するので、結晶形を表示する場合は、溶媒の種類と併記することが求められる。

（3）の場合は、たまたま固体として得られたけれども、未知の化合物では、所望の目的物が液体か、固体かの何れであるかを予測することは困難であるが、液体ならば、蒸留により、沸点を測定するし、固体ならば、再結晶化法を繰り返して純化物質の融点を測定する。純物質であるか否かの目安は、沸点であれ、融点であれ、その数値の巾が狭いという特徴がある。従って逆に言えば、混合物の沸点や融点の値は幅が広いといえる。

例えば、固体の同定方法に、混融試験という方法が知られている。例として、同一融点を持つA物質とB物質が同一物質かどうかを決定する方法として、融点測定によって確認する一つの方法が知られている。

その方法は極めて簡便で、先ず、AとBの同量をよく混合して融点測定用毛細管に詰める（これをMとする）。他方、A、B単独を同様に毛細管に詰める。それら三本の毛細管を同時に温度計に取り付けて、同一条件下で融点を測定する。測定は、AとBが同一物であるならば、Mの融点も同一値を示しますが、もし、Mの融点が同一値を示さずに、降下した場合には、AとBとはたとえ同一値を示したとしても、AとBは異物質と判定される。

なおこの場合のMの融点は、A、Bの個々の融点に比べて融点降下という現象が見られる。しかも融点の値は、ダラダラとなり、どこで溶け、どこで溶け終わったか値の幅も広くなりがちである。AとBが同一融点値を示したとしても混融試験で融点降下を示した場合は、A、Bは異物質と判定される。これが混融試験という判定方法であり、未知の固体では頻用される。

こうして私は、北研に入所して短期間で、有機化学の様々な形態の物質の純化技術等を学ぶことができた。

その間は、下宿と研究室を往復するだけの日々で、日曜祭日も殆ど休み返上、往復の乗り物の中でも実験を考え続け、たまの日曜日には、下宿で薪を割り、風呂を沸かして入浴したり、自分の部屋を始め、廊下及び共用トイレや洗面流しの清掃等をして過ごしたが、そうした中でも、片時も実験のことは頭から離れないどころか、トイレでの用足し、寝床の夢の中といわず、何時も考え続けていた。

それ程に何故に実験が楽しかったのかと考えてみると、兎に角、実験は正直で、決して嘘や誤魔化しがなく、「実験は自分の本性を磨く修行である。」と思うようになり、無念無想になれたのである。しかもたとえ実験に失敗しても、原因は、自分の行為の反省にあると考え、真剣にその原因を探究する。或いは成功した場合には、自分の行為の正しさが証明できたと考え、喜びを倍加して嚙み締める。それらが実験をする原動力になっていたようである。

この頃、科学界では、クロマトグラフィーなる技術、すなわち、カラムクロマトグラフィー、薄層クロマトグラフィー及びガスクロマトグラフィーなどが発見されて、当研究室でも、それらの技術を積極的に活用、導入すべく、一同で勉強会を立ち上げ、先ず、薄層クロマトグラフィーのシリカゲルガラス板の作製研鑽を試みたり、すでに市販のアルミ板の20×20㎝サイズが存在していたので、それを購入し、任意の大きさに切断して試験してみたり、どんな場合に応用できるかを研鑽した。

更に、柳本製作所のガスクロマトグラフィー機が購入されたので、その機器の操作方法の勉強及びデータの実験への応用方法等を次々と新しい反応に応用し、飽くなき知識欲で臨機応変に研究に駆使できるように努めた。データの解析収集等で生成物が原料かを極めて容易に確認することができるようになり、実験スピード化が図れるようになった。

丁度、高度経済成長の始まりの頃でもあったが、科学の進歩は、日進月歩の時代に突入し、国内の大手精密機器メーカー等の機器分析機、例えば、島津製作所の紫外線吸収スペクトルや赤外線吸収スペクトル機器なども入荷して自分で気軽に操作してデータを取り、一刻も早く、研究に導入活用しようと研鑽に努めた。元素分析機なども国産の機器を購入し、今まで外部に依頼していた元素分析なども自分達でデータを取ることができるようになった。その後は、核磁気共鳴吸収（ＮＭＲ）及びマススペクトル（ＭＳ）などが導入され、使用できるようになった。

相当複雑な化学構造式の解析なども容易に解明できるようになったが、ここで、このような精密機器は、測定のための条件が微妙で、その条件をコントロールすることが、難しく、何時でも誰もが簡単にデータを取ることはできないことが判明し、分析センターを設けて担当者を決めて機器を管理して頂く方式に改められた。

このような機器分析の進歩で、国内外ともに研究成果を激しく競争する時代になったことは当然である。北研でも、逸早く海外の情報にも充分に目を向けて新技術は取り入れデータを取り、研究成果を挙げる必要を感じていた。

因みに、ガスクロマトグラフィーでは、微量の試料で、短時間で、その組成を単一物か、或いは何種類の混合物であるかを確認することが可能だし、また無色の固体であっても薄層クロマトグラフィーを用い適当な展開溶媒を用いて展開し、乾燥後、紫外線照射或いはヨウ素浴で極めて簡単に単一物か否かを見分けることができた。更に混合物を分取、単離したい場合には、カラムクロマト或いは、厚手の薄層クロマトグラフィーを用いて溶媒で展開し、無色のバンドでも紫外線照射して同一バンドをかき集めて分取する方法で、短時間で目的物を取得できるようになった。

このように新技術の導入で研究スピードは飛躍的に高まり、研究成果に大きな差が生じて競争は激化してきたようである。兎に角、従来のようにのんのんと研究していては後塵を被ることになった。

研究室単位で研究成果アップを図るためには、研究員が情報を共有することも大切で、協力、協調の大切さを学び、各研究者が使用する試薬の請求なども、広く海外の試薬メーカーのカタログ等を収集して、購入発注できるものは、無駄な研究時間を浪費しないように、入荷するまでの時期も適正に情報を収集することができれば、それまでの間に文献の調査や他の準備をすることができるし、無駄な時間を有効活用することができる。

そのような観点から、研究室内の器具や試薬の管理及び発注の任務を、不肖私に担当させて頂くことになった。

その任務のお陰で、私は、後々先願特許等に対する認識を高め、研究に対する競争力の原動力を育むことができたと考えている。

大学教育では中々経験することのできない特許出願における明細書の書き方等も後々に勉強することができた。

金欠病の対応

北研での有機化学実験に熱中し、勉強が進捗するのに比例して、後ろ髪を引っ張るが如く、心の愁訴と苦痛が感じられた。

この金欠病のことは、（社）協会から理大の認定制度を選択するまでの間にも苦悩・煩悶した課題であったし、熟慮して思う方向に進んできたのだから、今更後戻りもならないし、じたばたしても詮無いことだけれども、それが「貧乏暇なし」ということだろうか、やりたいことが多すぎて、金欠病対策のための時間がないのである。

新学期が始まり、四月が過ぎ去り、五月に入り、前期の残り日数は、正味二ヶ月だ。その間に懸案の金額を稼ぎ出さなければならない。それができなければ、好きな有機化学実験ができなくなるのだ。

この五月中に遣り繰りして入金の目処さえ立てられれば、後期には充分間に合い、大学当局にも迷惑を掛けずに済む。

さてどうしたものか。

二年時の緊急費用は、後期の授業料と実習費であるが、卒業までを見積れば、三年時、四年時の授業料や教育実習費及び学用品、書籍費などと、日々のライフライン費用である。後者のライフライン費用は、北研からの給与で賄うとしても、授業料などの学費は占めて五万円~十万円が必要であろうか。

最悪の場合には、奨学金の借入申請するとしても、それは返済しなければならない借金であるので、将来を思うと、余りいい方策ではない。

飽くまでも大学は、無借金で自力で卒業したいので、それを実践したいと思う。

そこで考えたのが、夏休み中に街の化学工場で技術を生かすバイトをすることだった。時よく蒲田の某化学工場で、二部学生の求人募集があったので、しかも有機合成に関するグリニアル試薬の仕事であったし、勉強の興味もあったので、一ヶ月間、昼間バイトをした。そこでのバイト代も期待したような金額にはならず、昼食代や夕食代にしかならなかった。

ただ、大変貴重な勉強にはなったが、後期授業料は急場を凌ぐために奨学金を申請する外ないと思い、貸与条件を調べたところ、一つの条件が成績優秀な者とあったので、果たして自分がそれに値するのかどうか分からない。

兎に角、先ずは最小の一万円の貸与を申請することにしたところ、一週間程でＯＫの審査が出て急場を凌ぐことができた。

それを全額、二年時の後期授業料と実習費として納入し、次は北研での有機化学実習の単位が認定されるように、勉強に実験に熱中することができると思うと、奨学金の有難さが身に浸みた。

前期終了時には、北研での有機化学実習は、「優」の評価を受けて認定が決定したし、同時に、三年時に、教育実習が履修できる目処も確定した。

起死回生の奇跡と派遣講師

運命や世の中は、誠に摩訶不思議である。

何故なら、私が北研で金欠病で真摯に悪戦苦闘しながら刻苦勉励している間にも世の中は、日進月歩、刻々と進化して私の今までの人生行路のポイントまでもが、百八十度転換されたように思われたからである。すなわち、例えて言えば、今まで金欠病という重い貧乏神に憑依されて長い上り坂を青息吐息で歩いていたのに、突然に貧乏神が解脱して、身軽になって下り坂を歩き始めたようである。

更に言葉を借りれば、待ち望んでいた大黒天が、私に降臨して私の出生以来付き纏っていた貧乏神の呪縛を解き放してくれたようだった。

時は、日本社会が比類なき高度経済成長の入り口に差しかかった時期で、自動車産業が興り、重化学産業が勃興した時期、全国津津浦浦にガソリンスタンドが次々と設立されて行き、そこで働く従業員達に「危険物取扱主任者」という一定の資格取得を義務付けようという国家方針が打ち出されることになった。そして国は、この方針の実施を民間業者に委託して、講習会を通して啓蒙普及を図らせることにしたのである。

ところが民間では、小中学校等の体育館や講堂などを借り受けて四、五百人の受験生を招集するのだが、肝腎要の講師となる専門家の有機化学者は限定的だったから、北研に講師派遣要請をしてきたのである。

丁度その頃、私は、研究室の試薬管理担当者にも指名され先生方の信頼を得ていた時期でもあったが、化学部長のN・T先生は、博覧強記な諸先輩や先生方が多い中で、「徳君行ってこいよ。」と、浅学非才な私に白羽の矢を立てて下さった。

私は、まだ修行中の学生の身で、少々憚られたが、「危険物取扱主任者、甲種全類」の免許証をすでに取得していることを部長先生が承知の上で、白羽の矢を立てたのだと、考えられたし、予てより、私は、高校時代からこのような出番が来ることを期待して刻苦勉強していたので、その期待に応える方がよいだろうとの心の声を聴き、有難く引き受けることにした。

こうして日曜、祭日毎に開催される講習会の講師を務めることとなったのである。時に私は夜間大学二年生で二十四歳になったばかりの若輩だった。

講習会開催は、日曜、祭日であったので、常勤の北研を休むこともなく、大学の方も全く支障はないので、申し分ない。

因みに、講習内容は、九〇分間、危険物関連の講義を行い、その直後六〇分でペーパーテストを行い、答案を採点し、六〇点以上を合格として、資格免許状を交付することだった。

講義後の問題を作成し、採点をするのは、人数が四、五百人ともなれば、大変であったけれども、回を重ねるに従い大いに社会勉強にもなった。

後進達の教育にも当たりたいと、固い決意がふつふつと漲った。

私は、高校二年時に、このような時代を確信して「有機化学」の勉強に取り組んだが、そして上京後の放浪生活でも焦らず黙々と勉強を続け、「危険物取扱主任者」の甲種全類の免許状を一早く取得したのだった。

この自助努力と先見性が真に的中し、奇跡を起こさせることになったのである。

「天は自から助くる者を助く」は、そのような自助努力を指しているのだと思われた。

因みに講師料であるが、当時、大学卒業生の初任給が、一万円足らずの時代に、一度の講師料が、何と、三万～五万であった。それは私にとっては、お盆と正月を同時に迎えたようで真に棚から牡丹餅の譬えがぴったりだった。

しかし、この甘い汁の講師は飽くまでも非常勤講師であったので、使用者側の都合、例えば、私の講義の内容及び出題の傾向や試験等のノウハウが入手できたら、明日にでもお役ご面となる筈と予想していたので、この甘い講師は飽くまでも限定的と割り切っていた。この予測も二～三ヶ月程で的中することになった。それでも私は、大学への授業料を卒業までの全額を完納できた時点で、有難いと感謝していたし、一方では金を稼ぐよりも実験の勉強時間が欲しいと考えていたので、丁度よかったと思ったものだった。

しかし、不安定な北研の雇用からは早く解放されたいとは、考え続けた。

北研の安給与でも、アルバイトの臨時雇員ではなく、常勤の本雇員に格上げして頂き、少なくとも社会保障の恩典が享受できないか、それが叶えられれば、安給与でも安心であるのだが…と。

国家公務員試験への挑戦

前述のような思いで、大学に登校したところ、「関東甲信越国家公務員試験」の情報に遭遇した。概要は、次の通りで、受験資格は、Ⓐ、短大卒業生又は、それと同等以上の学力を有する者。Ⓑ、年齢が二十四歳以上の者となっていた。私は夜間大学二年に在学中の身であったけれども、Ⓑの年齢に該当した。平素は公務員試験など考えたこともなかったし、勉強もしていなかったけれども、この「物は試し」で受けて経験をしておくのもよいではないかと気軽に考え挑戦することにした。

何よりも月給一万三千八百円は、日当三百円の北研給与の約三～四倍に相当し、誠に魅惑的だった。

どうせ公務員試験は、一次、二次と筆記試験と口頭試問と続き、結果が判明するまでに最終的に半年程かかるので、気長に対応する必要があるけれども、一次が不合格ならば、それで一巻の終わりだし、よしんば運よく合格したとしても、二次の口頭試問は、難聴の上に受け応えが苦手の私には鬼門である。従ってあまり期待はできない。

このような考え方で一次試験に臨んだところが、その結果は、全くの想定外のもので、一次試験に続いて二次試験も難なく合格してしまい、人事院の国家公務員合格者として名簿に氏名が記載されるとその後、一週間程で、十二省庁から続々と求人情報が舞い込んできた。それらの中から自分の希望する文部省所管の東京大学理学部生化学教室（文部技官）、と農林水産省所管の蚕糸試験場（農林技官）を志望して各々へ就職申請書を発送した。

それに対する反書が両省から届き、前者では一人の採用に対して十二人の応募者があり、後者では、一人に対し二人の応募者があったそうな。

それで、両省では、再度試験を行うので、所定の試験日に受験せよとの連絡があった。その夫々の試験日は、前者が早く、後者では、前者の一日遅れとなっていた。

前者では、筆記試験に「英語」と「化学」があり、化学は点数が取れたと思われたが、苦手の英語は難しくて点数が取れなかったのではと思われたし、又、口頭試問は、集団討論であったので、自己評価は困難であった。そのようなことから一人の合格は無理だろうと考えていた。

他方、後者の試験は、口頭試問のみであったので、自己評価することはできないが、ごく普通には受け応えはできたようだった。

それらの試験の結果は、後者では、その日の午後に合格通知を電報で受けた。更に抜け目なく、書留で就職内定契約書を記入押印して投函を依頼していた。

人生「間が悪い」とは、こうしたことを言うのでしょうか。農林省蚕糸試験場に就職内定書を投函して帰宅してみると、何と、第一志望の東大から「補欠採用の通知」が届いていた。が、後の祭りでした。それに補欠で合格ということに理解がなかったことと、不安を覚えていたので、ここはもう縁がなかったものと諦めることにして、東大への就職辞退願を送付させて頂いた。

ところが、その後、擦った揉んだの事態が生じた。蚕糸試験場では、就職内定書が届いたと思ったら、追って電報が入り、「明日出頭せよ」との連絡でした。急ぎ連絡通りに出頭してみると、

「来週早々に霞ヶ関本省で幹部候補生としての研修を実施するので、参加されたし。」というもので、その交通費まで支給された。

私は北研の仕事もあり、極秘で気軽に受験したので、運命の徒らか、将又運が良いのか、悪いのか、最終試験まで合格してしまい、就職まで内定してしまって、一体この事態をどう決着させるべきかと、戸惑うこととなってしまった。

こうなった以上、一刻も早く先ず、北研に行き、事後報告として、身の振り方を決める必要があり、時間の猶予はなかった。

公務員受験の元は、何も北研の仕事や勉強に不満があった訳ではなく、それらは逆に望むところであったが、世間から懸け離れた待遇を「本雇員として頂き、せめて社会保障が享受できるようになって欲しい。」との願望を叶えるための試験だった。ここに北研との交渉のポイントがあった。

北研は、自分の将来の希望職種にも適うのだが、玉に瑕は、アルバイトで日当が安いことである。一方は、給与もよく社会保障も完備しており、生活の心配はなく、生活が安定するのだけれども、研究内容は「工業用水の研究」ということで、自分のこれまでの志望とは異なる分野の課題である。

北研との交渉を進める上で、先ず熟慮しておかなければならない自分の問題は何か。

ここで、これまでの自分の生き方を変えて生活を安定させるのか、或いは、これまで通り夢「有機化学者」への道を追求するのかという、二者択一の問題だった。

この問いに対する解答は、明解に「有機化学者」だった。生活の安定は、化学者になってからも得られるという結論で、北研との交渉のポイントも臨時雇いを解消して本雇員に格上げして頂くことにして農林技官を辞退することに決定した。

農林省を辞退するにしても、補欠を採用させる時間的余裕を与える常識を果たさなければいけない。蚕糸試験場から急ぎ、足は自然に北研に向かっていた。

本日中に八方円満に決着を付けるためには一刻の猶予もないので、N・T部長先生に直談判の形で、事の経過を単刀直入に報告し、相談することにした。

「私は、自分で働きながら夜学に通っていますが、ここでの日当だけではどうにもなりません。そこで、この度、関東甲信越国家公務員試験があり、受験したところ、これに合格して、就職も農林省の蚕糸試験場に内定した。来週から幹部候補生の研修が霞ヶ関の本省で始まるので、その方に行く予定になっておりますが、正直私は大変に悩んでおります。」と…。

「私は将来的にも『有機化学』の仕事を続けたいと考えておりますので、できれば、ここで勉強を続けさせて頂きたいと思いますけれども経済的物理的に立ち行きません。」

部長曰く、

「そうか、ここの仕事はおもしろいか。」と…。

「公務員の給与はいくらか。」

「はい、一万三千八百円です。」

「そうか、それでは、その月給を北研で同じ額を支給すれば、君はここに残るかね。」

「それはもう有難く、そうさせて頂きます。」

「もう一つお伺い致します。」

「何かね。」

「このまま、ここで就職するとして、夜間大学を卒業しましたら、昼間の大学卒業生と同様に、大学卒業生として認定して頂けるのでしょうか。」

「それは君、当然だろう。だって昼間の学生さえも合格できない国家公務員試験にも、君は合格したのだから…ね。」と…。

こうした遣り取り交渉の中で、国家公務員試験合格のお陰で、臨時雇員から、約半年足らずの期間で本雇員として北研に就職することになり、社会保障も叶えられた。

これでやっと世間並みの生活を営むことができるようになった。

一件は落着したが、残りの技官の辞退届を急がなければならない。

これまでの半年に及ぶ国家公務員試験の道程を考えると、最後の最後に一人に絞って、いざ研修の段階で辞退しなければならないとは、良心の呵責に苛まれてならない。

このような経験は、先に（社）江戸川工場協会を退職する際にもあったけれども、「出会いあれば、別れありの人生」では、不可抗力で仕方のないことだろうか。

公務員試験合格のお陰で私は、夢を一歩前進させることができたが、試験主催者側には間違いなく、迷惑をかけてしまったようだ。

道すがら先方の激怒が想像されたが、ここは何と怒られようと、平身低頭、「丁重に辞退する以外はない。」と、覚悟した。

蚕糸試験場に着き、受付で、人事担当者に面会を取り次いで貰ったところ、担当者はその目的を察知されたのか、奥の方で顔色や顔形が急変したように見受けられた。しかし私は、覚悟が出来上がっていたので、

「お忙しい所を大変申し訳御座居ませんが、折角私を採用させて頂いたのに、来週からの研修には、一身上の都合で参加できなくなりましたので、大変に申し訳なく残念で御座居ますが、農林技官を辞退させて頂きます。」と願い出て、「どうぞ、私の代わりに補欠の方を御採用下さい。」と、言って、切符の入った封筒を机上に差し出して踵を返した。担当者は、呆気にとられ、身の置き所もないようであったので、ここは早々に退散するに限ると、判断された。

帰路、内心では、敬礼して、感謝を捧げ、御多幸を祈願していた。迷惑を掛けた分は立派な「有機化学者」となって社会に貢献させて頂きたいと思う。

こうして八方が、無事決着して北里での就職が大学二年で決定し、その後、私は、後顧の憂いもなく、安心して勉学に精進できるようになったのだった。

故郷の母からの手紙

母から手紙が届いた頃は、夜間大学一年から理大の特別認定制度の学生となって二年生に進級し、臨時雇員として北研に勤めて金欠病に打ちのめされ、派遣講師を勤めて漸くそれを克服し、大学四年の卒業までの授業料等も完納し、更に関東甲信越国家公務員試験に合格したのを契機として、臨時雇員から本雇員になって社会保障も享受できるようになって、世間並みに生活が安定した時期であったと記憶しているが、祖父母を看取り、一人住まいの田舎の母から珍しく一通の手紙が届いた。

その文面は、概ね次のようなものだった。

①、来春、従弟の伸君が中学校を卒業するが、進路をどうしたらよいだろうかというもの。

②、祖母故オトツルの十三回忌を迎えるが、改葬をしないといけない。お墓をどうするかという相談。

③、茅葺屋根の母屋が雨漏りするようになったが、どうしたらいいんだろうか。等々の相談事だった。

このような相談事を母が私にしてくれたことに、この上なく嬉しく思った。というのは、私に「親孝行をする絶好の機会を与えてくれた」と受け止められたからである。

それに応えるべく、私は、即、前向きに善処すべく、下記のような返書を認めた。

すなわち、

①については、兎に角、貧乏人が裸一貫から世の中に出ようと思うならば、先ず勉強を本気でしないといけない。従って高校受験をさせなさい。もし合格できたら私が、卒業までの三年間の毎月の学費や下宿代を責任以て仕送り致しましょうと…約束。

②については、この際だから、一族で力を合わせて、来夏休みに改葬し、墓は、御影石の立派な石碑を建立しましょうと提案。ただし、私は、学生の身であるので、仕事と授業で時間を取るのが難しい。従って皆さんのように、労働奉仕は叶いませんが、その代わり、経費の負担を現金で応援させて下さい。と…。

兎に角、お祝いには何とか時間を都合して出席させて頂く積りで居ますと…。

③については、このことについては、以前から私も心配をしていました。茅葺を直すにしても、高齢化、過疎化の進行した片田舎では、昔のように人夫もままならないだろうから、この際、茅葺を改めて時代に相応しいトタン屋根の明るく住みやすい文化住宅に全面的に増改築しましょう。そして燃料は、薪をプロパンガスに切り換え、トイレは、外でなく、母屋の廊下伝いに出入りできるように、台所は、ガスレンジを入れ、流しを入れる。

風呂は、灯油焚きに改め、応接室には、三種の神器、テレビ、冷蔵庫及び電気洗濯機、扇風機や電気コタツ等の設備を整えたらどうだろうか。これらの計画は、これまでの母の労苦を少しでも減らし、楽をさせたいとの慮りの提案だった。

私のそのような返書を受けた母は、それらの提案を実現すべく、直ちに行動を起こしたようで、私が大学三年に進級した年には、それらが成果となって具現化されてきた。

すなわち、①については、仲君はよく勉強して見事、鹿児島県立大島工業高校の電気科に合格していた。私は当初の約束通り、その年の四月から早速毎月七千円（時価）也を下宿代と学費を遅滞なく仕送り卒業させ、責任を果たした。なお、その後は、上京を促し、私、同様に、昼間働きながら、電気の道を深めるために、夜間の電子専門学校に入学、卒業。引く手あまたの電気業界に見事就職し、一人前の社会人として巣立ってくれた。

私は、仲君が、私の期待に応えて一人前の社会人に巣立ったことを率直に自分のこと同様に嬉しく思う。私の誇りである。

ただ、私は、仲君に微塵も恩を着せる積りはないが、将来、自分の生活が安定し、余裕ができたならば、

「志はあるが、我々のように、家が貧困で進学できない若者達に手を差し伸べて頂きたい。」と思う。

「社会のよき循環を作ること。」が私の望みでもあり、私への報恩にも繫がりますので…。

私は苦学生の身でありながら、三年間に亘り送金したのは、何も大金があって送金した訳では決してなく、自分の持ち時間を換金して毎月節約に節約を重ねながら送金したものであることだけは理解しておいて欲しい。というのは、幾ら大金があっても「熱い思い」がなければ、送金などできないのだから…。

私のその「熱い思い」は、「志を持っている若者に夢と希望を与えたい。」一心である。

そして、一人でも多く幸福になり、この世がユートピアになることを日頃から祈願しているからだ。

②の故オトツルの改葬に伴う墓所も見事予定通り、御影石碑の新築墓が完成し、祖父母や先祖の遺骨も共納され、さぞや慶ばれて安心して永眠されただろう。先祖孝行である。

さて、③の件は、やや時間を要したが、以前の暗い家屋は、全く見違えるように生まれ変わってガラス窓や、アルミサッシ窓、障子戸の入った書院造りの文化住宅に生まれ変わっていた。

人間は摩訶不思議な力を持った生き物だ。貧困の代名詞のように報道されている母子家庭で、何事も成就できないと見做された人々が、少しばかり勇気と知恵を授け、方針を示唆してあげただけで、縁者一族が互いに切磋琢磨して、意図を簡単に遂行するとは全く驚きだった。

当時の無医村地域で、乞われて無免許の助産婦役を務めて人助けをする程、独自の判断で行動できる母ではあったけれども、又、私の少しばかりの出資協力で、これだけの墓を新築して、家の増改築を極く短期間で行うことは不可能かと想定していたが、その想定を覆すことになった背景は、四人姉妹の長女としての人望と、女宮沢賢治似の平素の人助けへの奉仕活動のお陰で、集落民等からの協力が得られたものと思われ、深謝に堪えない。誠に有難い限りだった。

こうして私の意図は、現実の型で具現化して大願成就することができ、苦労性の母に束の間の安堵を授けることができた。

私も帰省してみて、その出来栄えに感動してささやかな親孝行ができたと思い、幸せな気分に満たされた。

中耳炎治療で入院

幼少期に私は、海や川に飛び込んで水遊びに耽っていて、耳に水が入ってもそのまま放置していたから、雑菌が繁殖して外耳炎、中耳炎に進行し、それが慢性化してしまい、鼓膜も破損した状態だった。

結核治療薬の副作用で聴神経も侵されてしまい、ストマイによる難聴もあった。

入梅期の多湿の時期には、具合が悪く、何時の日かに、自分の稼いだ金で治療したいと考え続けていた。

入院先は、高校時代に科学新聞を購読していた関係で、東京秋葉原駅前にある神尾病院長、神尾友彦博士がドイツに留学して日本初の人工鼓膜の移植技術を取得してきたと伝えていたので、上京早々に同病院を確認し、診察を受け、都合よい時期を見計らって治療しましょうとなっていた。その結果、私の両耳とも鼓膜が破損していること。しかし、聴力は、低減しているけれども、鼓膜の移植によって改善する可能性があるとの期待の持てる診察だった。

ただ、今の状態が悪化すると、内耳炎から脳膜炎を併発する危険があるので、早期に治療した方がよいとのことだった。

そこで、私は、「在学中の今夏休みだ。」と考え、必要経費などについて検討したところ、北研の健康保険証も使えるし、予め掛けていた生命保険会社から入院費用なども出ることを確認できたので、再度同病院で夏休み入院の予約を申請し、七月二〇日頃入院が決まった。

手術は、両耳同時には、不可とのことで、先ず悪い方の耳を先に行い、その後、聴力の回復が見届けられた後にもう一方の耳の手術を行うとの手順だという。そして鼓膜の移植というのは、自分の耳の後ろの柔らかい皮膚を剝して張り替える。所要時間は約三～四時間で、全身麻酔を行い実施するというもので、輸血を要するので、献血できる方を準備すること。

そのために、兄に相談して当日、献血と入院の保証人並びに手術の立ち合い人として出席をお願いした。予めベッド代などの前納を済ませ、入院当日へ準備万端整えた。

手術

手術前日に入院、一晩ゆっくり休んで体調等のチェック、精神的にやや動揺と不安に見舞われたが、周囲の同様な患者さんと会話を交わすうちに落ち着いた。要は、執刀医さんを信頼して後は、手術が無事に成功するように神仏に委ねるしかないと観念して、「俎の鯉よろしく」手術台に寝るしかない。無念無想。

午前十時、手術衣に着替えさせられて麻酔室（冷暗所で甚だ感じがよくない。）に入る。後は麻酔医の指示に従い、麻酔台の上に仰向けになり、頭に枕を当てがわれ、心電図等の体調管理機器に、手足、胴体をコードで繋がれ、準備万端、「ゆっくり深呼吸をする。」麻酔マスクで、鼻、口を被われる。しばらくすると、空気質が変化して麻酔ガス臭を感じる。

続いて数字、1、2、3、4、5…と数え始めるが、徐々に睡魔に見舞われて無意識の世界へ…。後は、台車ごと手術室行きして手術が開始された模様であった。

その無意識界でも私の心の臓だけは止まらずに規則正しい鼓動を刻み続けたようだが、肝腎な脳は完全に休眠状態で、そのために、神経も麻痺状態、他方体内時計は心臓と連動しているのか、時々刻々と刻み続けられているようだった。手術中の話し声もせず、身体の苦痛も全くない。穏やかな安眠というべきか、気分も至って健調。暗闇の中で時々「コンコン」と、骨を削っているハンマーとノミの合音が伝わってくるだけ、余り気分のよい音ではないけれども、苦痛の感覚もないので眠り続けられた。如何程の時間が経過したのだろうか。

手術中特定の体位を強いられ、寝返りを打つこともならないので、身体も疲れたのだろうか。それとも麻酔切れを知らせる体内時計の目覚しの通報であろうか。

夢の中に、看護婦さんが現れ、「手術は無事終わりました。」の声が聞こえ、台車が手術室から病室に移動する気配を感じた。それから又、どれ程の時間が経過したのだろうか。

今度は、誰かが大きな声で「トクさん、トクさん。」と、顔を叩きながら呼んでいた。そろそろ麻酔から醒める頃を見計らっての医師の確認行為だったようだ。

私は、空腹を覚え、吾を取り戻した。

時計の針は、午後二時を回っていた。

脳も直ちに活動を開始したようで、麻酔室に入ったのが、ほぼ午前十時で、病室で覚醒したのが、ほぼ二時過ぎであったから当初の予定通りの三〜四時間である。従ってほぼ想定内の手術であったことになる。後は退院まで、しっかりと療養して聴力と体力を回復してと、思うと、とても爽快な気分であった。

永年の大きな「思い」を成し遂げた、達成感で一杯だった。でもまだ道半ばである。

先生方の注意事項①、張り付けた鼓膜が安定するまでの間、安静にしていること。②、季節の変わり目、インフルエンザの流行期のため、人混みの中に行かないこと。インフルエンザに感染すると、高熱が出て咳き込んで鼓膜が剝離又は破損する恐れがあること。

③、麻酔切れで痛みが出たら、鎮痛剤を服用するように支給された。④、入浴中に浸水しないように留意。

要するに今後は、自己管理が大変大切である。とはいえ、一日中一定の姿勢で安静に寝てばかりでは居られないので、唯一の気休めは、トイレ通いとお隣の患者との会話を交わすことで、「誰さんは何日で抜糸した。」とか、「外泊日は何時、何日。」とか、「何時は退院だ。」とかの情報交換。たわいない差し障りのない情報ばかりであったが、それが結構気安めになった。同病相憐れむを共有できたようだ。

私もその後、三日程で抜糸できたが、手術した耳は、蓋をした状態で、ガーゼが詰め込まれており、会話の用は、利き耳の右が頼りであった。ただ、切り削られた耳の各神経細胞はまだまだ連繋していないようで、手で触れても自分の身体の感覚がしない。それが一体化するまでには、「如何程の歳月を要するのだろうか。」と、疑問を持った。

夏休み後の大学行事は、前期授業の試験で始まる。それが済むと後期授業開始である。

前期授業の試験では、専攻課程の唯一の必修科目の一つ、代数幾何学の受験があった。そのために、入院中に少々受験準備をしようと、教科書を持ち込み、復習を始めて、改めて記憶障害に気付いた。というのは、開いた頁を読み終えて、次の頁を捲ると、前頁の記憶が白紙同然になり、何があったのか思い出せないのである。これまでに経験したことのない状況だった。集中力の問題でもあるのかと考え、他の頁についても試してみたが、確かに集中力もあるようだが、集中力に併せて記憶障害の異常もあると自己判断された。

記憶障害に悪戦苦闘

退院は手術後約四十日経過した頃で、夏休みも末期、休み明けで前期試験が開始されることになっていた。勿論、退院したとはいえ、手術した耳には脱脂綿が詰まっており、重苦しいのだが、焦れば焦る程に、勉強にならない。それはもう術後の後遺症であることは間違いない。「後悔先に立たず」とは言うけれども、手術を後悔すると同時に、大学を四年間で卒業するという目標も怪しくなったと思った。この記憶力は、回復不可抗力のものではないだろう。全身麻酔による障害であり、経時変化によって麻酔が醒めてくれれば、回復する可能性があると自己診断していたので、兎に角にも、焦らずに受験に対応することが大切と判断された。

「覆水盆に返らず」の諺通り、今更手術を後悔しても詮無いが、一日でも一刻でも早く、重苦しい耳中の脱脂綿を除去し、麻痺の回復を待つことだと観念した。

退院まで一ヶ月余り、試験までに約二ヶ月の日時がある。入院中に取り越し苦労や心配事を持ち込んでは、逆に回復が遅れこそすれ、好転しないだろう。そうであるならば、退院までの入院中は、神様が与えてくれた休養は、御褒美だと受け止めて余計な心配事などしないで静養するように、そのための記憶喪失かも知れないと考え、焦りを断った。

その日以来、仏神の思し召しに、素直に従うことにして入院生活を楽しく過ごそうと考えることにした。

術後一週毎に行われる聴力検査の結果が唯一の楽しみであった。

人工鼓膜による聴力検査では、高音部はよく聞き取れるが、低音部がよく聞き取り難いという一般的傾向があるようであり、果たして自分の場合は、どう出るかという好奇心も旺盛であった。

それよりも何よりも一刻も早く、麻痺を回復させるには、どうすべきかを考えることが先決であり、喫緊の課題であった。そこで考えたことは、兎に角、物理的には、血行を盛んにすることが第一で、外気に耳を曝さないで、温めることであろう。事実、外気で冷えると、耳がかじかみ具合が悪くなり、聞こえも鈍る。従って耳の防寒具を付けることも大切だと考えられた。就眠の際も防寒具を付けたままにしたい。更に日に一度でもよいが朝夕にドライヤーの温風で数分なり、温める方法も血行をよくするのによいと考え、実践することとした。

聴力検査の結果、確かに初期検査では、術前より術後の聴力は、高低両音部において悪かったが、経時的に術後の聴力が、術前の聴力に近づきつつあることがデータ上で確認され、大いに期待が持てた。

後は時間の問題だと思われた。

術後約一ヶ月程で、聴力は術前後で差がなくなり、高音部位では術後の方が、心持ちよくなっており、人工鼓膜の機能回復も確認できた。しかしまだまだ道半ば、完全とは言えません。でも大いに期待はできる。

術後三十五日頃、二～三日の外泊許可が出た。これで退院が近いことを察し、それに併せて退院準備を整えることにした。

病院の請求書を頂き、生命保険会社への保険金の支払請求手続きを済ませ、保険金は、遅滞なく支給され、想定内で九月下旬の夏休み末期に無事退院することが叶った。

慢性中耳炎の治療と人工鼓膜の移植手術費用は、約四十日の入院で、時価四十万円也であったと記憶している。

森羅万象の仏神に感謝の誠を捧げたい。

代数幾可学の試験に悪戦

退院直後の次週から前期試験が開始され、私は、二年時の専攻課程の必修科目の一つ、代数幾何学を受験する予定があった。

さあ、身体の心配の種、中耳炎を一つ摘み取ることができ、これから精一杯勉強して無難に三年次に進級するぞの意気込みで机に向かって幾何学の本を広げるのだけれども、身体も鈍っているのか、集中力もないし、読んだ内容を相変わらず記憶できない。相変わらず頁を捲ると、前頁の内容を思い出せない。記憶が失せてしまう。どうすればよいのか分からない。

まだまだ四十日有余では、麻痺した神経は修復ができていないのだろうか。

何れにしても諦めるのはまだ早い。やるべきことは、最善の努力をして試験に参加することであった。勉強を繰り返し繰り返し勉強をして当日の試験に臨んだが、結果は惨憺たるもので、問題すら解することができず、解答のしようもなかった。それどころか、答案用紙に署名をしたかどうかも朧ろであった。そのような状況であったので、点数が付かないのは明白であった。

それでも諦めることは許せなかった。最後の再々試までも挑戦しようと決意した。兎に角、四年間で卒業する目標を達成するためだ。経時変化に伴い、耳の麻痺も回復するし、必ず記憶力も回復すると確信していたからだ。

要するに合格するまで挑戦する覚悟であった。

冬休み前に、再々試験に先立ち代数幾何学の補講が希望者に行われるとの情報を入手し、受講申請を行い、準備をした。

再々試の受験者の許可条件は、本講義を無遅刻無欠席で勉強してきたけれども、一身上の都合で、本試や追試に出席できなかったか、又、特別な事情のある者について行われる試験で、特別に教授の計らいによるものだった。私は、勿論、本講義も無遅刻無欠席の精勤者であったので、入院証明書を添付して再々試の願書を提出したところ、認可の対象とされ、受験が叶った。

この時期、私の術後ほぼ四ヶ月が過ぎた頃で、耳の中のガーゼも抜き取られて、手で触れても自分の耳の感覚が戻っていた。又、本の読み方にも少々変化があることが感じられた。

こうした状況下、文字通り「背水の陣」で、勉強を繰り返し、寝る間も惜しんでこの最終試験に臨んだ。それまでとは違い、今度は手応えがあった。結果発表で、やっと合格点を頂いた。だが、再々試であったために、評価は、優、良、可のうち最下位の「可」だった。

だが、あの苦しい環境の中で、よくも諦めないで、忍耐強く挑戦した結果であり、学生時代の貴重な体験で、教訓となった。

事実、あの学生時代から半世紀を過ぎた今日でも尚、「あの頃の苦悩が無意識界のうちに深く刻印されたのだろうか」、時々夢の中で再現され、苦しみ「ああ！　夢であったか。」と目覚めることがある。その度に卒業証書を取り出して胸を撫で下す始末である。

「悲喜交々到る」の諺があるが、緊急事体の耳の手術に成功したものの、少なくとも嬉しかったが、術後の代数幾何学の試験では、臥薪嘗胆を余儀なくされた。その甲斐あって最終的には帳尻りが合い、無事三年生に進級することもでき、四年間で卒業する目標も達成することができた。

大学二年時の総括

苦学生二年の一年間は、今年後期高齢者の仲間入りをした私の人生から考えると、実に七五分の一年、率にして約1・3％の時間に過ぎないけれども、その間に遣り遂げたことは、七五年分の成果の五、六割を占めているのではないか、と思われる。それだけに充実していた。

換言すれば、二年生の学生生活の中に、人生が濃密に凝集されていたと言っても過言ではない。具体的に顧みれば、先ず、

①、大学教育関係では、理大の特別認定制度の学生（茨の道）も目指して勉学に果敢に挑戦した。そのために経済的に安定した協会から、不安定で厳しい認定研究・教育機関（北研）に転職を余儀なくされた。そして勉学の方は、予想以上に進み、短期間で、有機化学の基礎実験をマスターすることが出来、大学三年で履修することになっていた単位を二年生の間に、北研で認定して頂いた。そのために、大学での当該授業は免除され、その時間には、教員免許状を取得するのに必須の教育実習を受講することができ、予定通り、高校理科（化学）の教員免許状を取得できた。

②、経済関係では、北研では、教育の面で大きな進歩があったのに反比例して、忽ちに金欠病を来たしたが、時代の進歩に助けられたようで、放浪生活中に取得しておいた、「危険物取扱主任者『甲種全類』の免許状」が幸いし、折からの危険物取扱主任者の免許

状取得のための講習会の派遣講師も勤めることになり、二年時の大学の授業料や生活費にも困り果てていたものが、破格の講師料のお陰で、二年時の授業料のみならず、一挙に四年の卒業までの授業料を全納し、卒業研究にも後顧の憂いがないようになり、卒業研究も安心して行うことが出来るようになった。お陰で、私は卒業研究で新化合物の合成にも成功し、日本国特許権二件も取得する栄誉に輝いた。

転職当座の北研の処遇は、日当三百円の臨時雇員で、一斉の社会保障はなかった。協会時代は本雇員で、社会保障もあったので、病弱体質の私も安心して働くことができたが、北研では、勉学には都合よいが、玉に瑕は、経済的に生活困難となり、安心して働くことができないということだ。

そこで、私は、その解決策を考えた。

理大の掲示板で、短大卒程度の国家公務員採用試験の情報を得た。

何の対策もしないまま、気軽に受験したところが、一次、二次試験を始め、最終試験まで合格してしまい、農林水産省に技官として就職まで内定してしまったのだ。すぐに研修に参加せよとの通達で焦った。が、この際、真実を伝えて北研に検討して頂くしかないと考え、交渉の結果、臨時雇員から本雇員に格上げして頂き、処遇も公務員並みの給与とし、社会保障も一挙に享受出来るようになった。これで世間並みの生活も出来るようになった。二年時で北研に就職まで決めることができたのである。こうして理大卒業後も北研に就職することも決定した。

③、家族関係の支援、北研での就職で、本雇員に格上げされたお陰で、学業も生活も安定したところで、貧困母子家庭を支援する心の余裕ができていた。そこへ、故郷の母からの相談事にも真剣に対応することができた。

その結果、祖母の回葬を行い、新墓を建て先祖の遺骨を共納することもでき、先祖孝行を行うこともできた。従弟の高校進学で卒業までの三年間、授業料や下宿代を送金して卒業させることも叶った。更に、私は、雨漏りする母屋の増改築を提案して、時代に相応しい文化住宅を完成し、母の労苦にも応え、微力ながら親孝行を果たすことができた。

こうして過去の貧困母子家庭からは完全に解脱することもできた。

④、幼少時から私を呪縛していた貧乏神や悪病魔から完全に解脱したこと。

悪病魔は日本の医学の総本山である北研に就職できたことによって安心して健康を維持することができたし、心の余裕で貧乏神からも解脱することができた。

今後は、自助努力によって一層精進して、いい仕事をして社会に貢献し、報恩に勤めなければと考えている。理大入学の目標も万願成就し、無借金で高校の教諭免許状も取得して理学士として卒業することができ、誠に幸福な心境に浸った。

今後は、新たな希望、すなわち真に公私共に認知される有機化学者への挑戦をすることである。苦学二年時で、人生の基礎をほぼ確立することができたと考えられるからである。

特別認定制度学生二年目（大学三年生時）の授業

憧れの北研の本雇員として理想的な就職をすることが叶い、不安定な生活も安定し、安心して研修業務や大学での勉学にも励むことができ、二年生時で早々に有機化学実習の認定を頂き、更に、教職課程に必須の教科目、「教育原理」を始め、「教育心理」、「青年心理」、「理科教育法」及び「道徳教育の研究」等の単位を取得することもできたので、三年時には、「教育実習」を履修すればよいことになっていた。

高校生を対象にした講義の「教育実習」は、初体験だけに最大の関心事だった。

私の「教育実習」計画は、三年時の後期早々に実習先は、都立駒場高等学校で行うことが予定され、一週間昼間二年生の化学の授業を受け持ち、講義をさせて頂いた。

初めてのことで緊張を覚悟していたが、特に緊張することもなく、平常心で実施することができた。

同僚仲間には、緊張の余り、普通にいかなかったの声も聞かれたが、教育実習に先立ち、理想の教師像についても予め検討し、「高い目線で講義をするのではなく、共に学ぶ学生として勉強すること。」と、考えていたので、その姿勢で共に勉強した。一週間は束の間でした。この実習の評価は、「優」と発表され、大過なく単位を取得することができた。

教育実習に関して種々手配し、計画を大過なく実施させて頂き、ご支援御協力を賜った大学側の担当教授方や高校側の担当の先生方に厚く御礼を申し上げます。後は、教諭免許状が交付されるのを一日千秋の思いで待ち焦がれた。

2　制度三年目（大学四年生）

―卒業研究と論文―

四年制の大学生として卒業するための総単位は、三年生で全て取得することができたので、後は、特別認定制度の学生として必修科目の最後の関門、卒業研究論文を残すのみである。しかも経済的、就職等の課題も全く後顧の憂いもないので、大学教育の集大成とも言える研究を精魂込めて実施することができる。この一年間の研究を心行くまで堪能してみたい。

やっとここまで辿り着くことができたと思うと、誠、感無量である。同時に、その成否によっては、化学の研究者としての素質や素養を占う一助でもあると考えられるので、覚悟をもって当たらなければならない。従って大学教育の集大成とも言うべき、最後の卒業研究論文では、確実に有終の美を飾るべく、密かに心を熱くしていた。

三年の期末で、新学期まではまだ間があったけれども、直ちに大学に行き、新学期から北研で卒業研究を開始する旨の申請書を提出、北研では、N・T部長先生の指導を仰ぐべく打ち合わせをさせて頂き、早々にテーマを左記の通り賜った。すなわち、

「抗ウイルス剤としてのN^1、N^1－アンヒドロビス（β－ヒドロキシエチル）アミジノヒドラゾン類（Ⅱ）の合成」だった。

このテーマを頂いた時は、「ウイルス」という言葉も耳新しく又、この長い名前の化合物の化学構造式も覚束ない状態で一瞬びびってしまったが、すぐに考え直し、「前人未踏の分野」こそが研究に値するものであると…。だからこそ研究であろうと考えた。顧みれば、今でこそ、ウイルスと言えば、直ちに流行性感冒のインフルエンザウイルスと小学生でも言い当てるが、当時としては私もその深刻さを理解しきれておらず、「卵酒でも飲んで休養すれば三日で治る」単なる風邪と簡単に考えていた。

今から遡ること、昭和三十八年（一九六三年）の私の卒業研究のテーマが、それで、実に半世紀も前のことだ。その頃北研では、すでにウイルス病が深刻な社会問題になることを予測していた訳である。その後、インフルエンザウイルスのワクチンの製造に成功し、予防医学的には貢献したが、変幻自在のウイルスの特性もあって一度感染発病した場合の治療薬の開発には、今でも特効治療薬は成功していない状況である。私の数十年に及ぶ研究テーマは、真に卒業研究で賜わった抗ウイルス剤の開発にあったのである。要するに、研究生活におけるその後のテーマも、卒業研究で賜わったテーマの続きだった。残念な事

に、基礎研究では一応成功し、抗ウイルス性剤も研究できたが、在任中に実用化まで辿り着くことはできなかった。

閑話休題。

さて余談になったが、話を元に戻そう。テーマを頂いて不思議に勇気というか、反骨神経か、開拓精神というべきかが、湧いた。そこで、私は、先ず自分がやるべきことは何かを考え、先ずは、この与えられた化合物が、既知化合物か新規化合物かを一刻も早く文献調査を行い確認することと考えられた。

仮に既知化合物であった場合には、その文献を取り寄せて追実験をして造れば済むし、仮に、後者の化合物であった場合には、一筋縄ではいかないし、卒業まで多難が予想される。それだけに探求心は掻き立てられる。それが私の望む処ではあるが…。

新学期を待つこともなく、室内の蔵書を始め、研究所内の図書を調査してみたが、全くそれらしいものは見当たらないし、手掛かりとなる文献さえ見当たらない。一年間という限られた時間を有効に活用するという観点から、実験と文献調査を平行して進行させることにして、本化合物は新規化合物と見做し、実験を具体的に行うため、目的物の関連化合物の化学の構造から窒素含有化合物のグアニジン類と考え、それを糸口として研究を進めることにした。この種の化合物は、東京工業大学杉野喜一郎博士らのグループによってよく研究されていることが判明した。それは、私にとっては大変幸運だった。というのは、

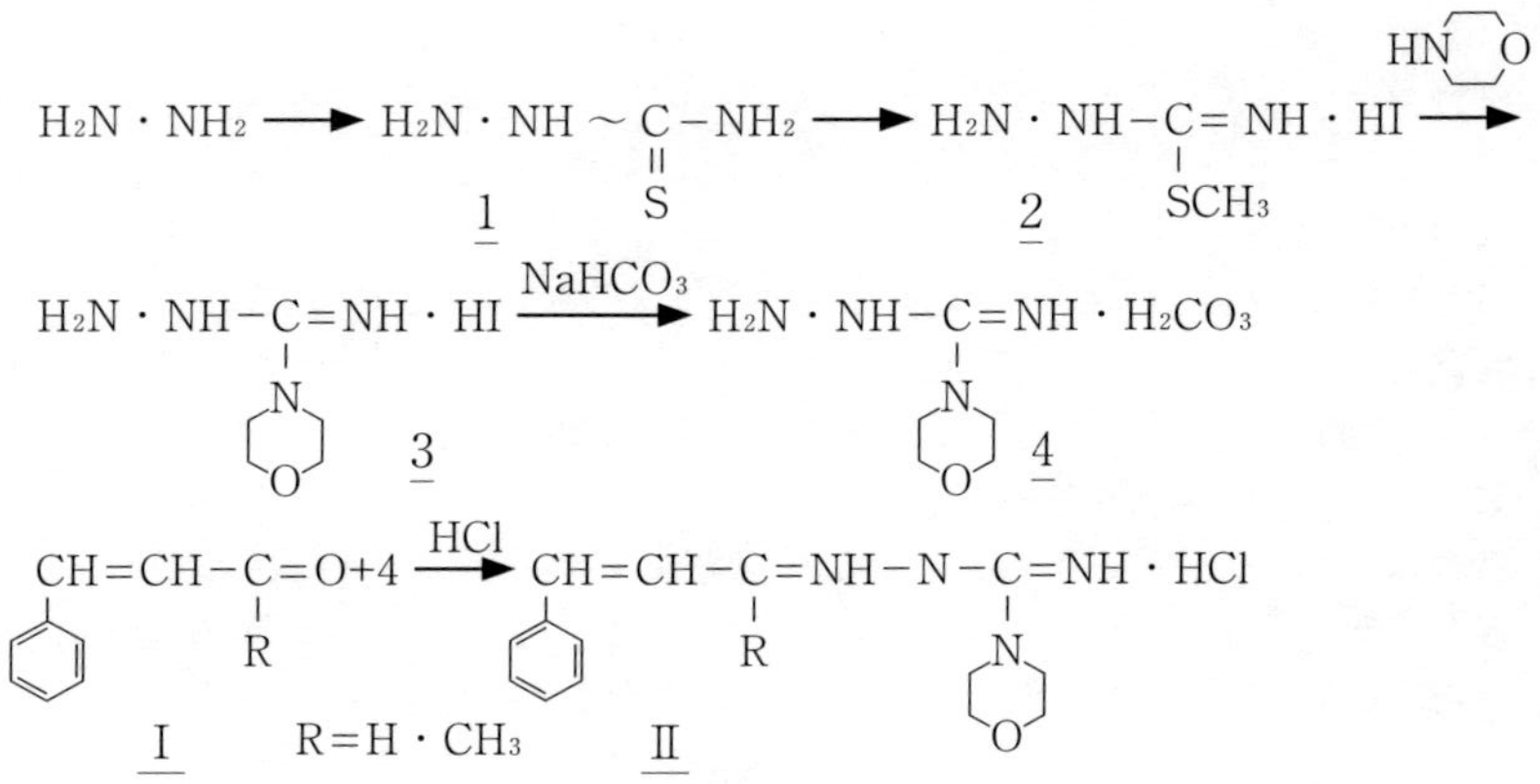

$$H_2N\cdot NH_2 \longrightarrow \underset{\underline{1}}{H_2N\cdot NH\sim \underset{\underset{S}{\|}}{C}-NH_2} \longrightarrow \underset{\underline{2}}{H_2N\cdot NH-\underset{\underset{SCH_3}{|}}{C}=NH\cdot HI} \xrightarrow{HN(CH_2CH_2)_2O}$$

$$\underset{\underline{3}}{H_2N\cdot NH-\underset{\underset{N(CH_2CH_2)_2O}{|}}{C}=NH\cdot HI} \xrightarrow{NaHCO_3} \underset{\underline{4}}{H_2N\cdot NH-\underset{\underset{N(CH_2CH_2)_2O}{|}}{C}=NH\cdot H_2CO_3}$$

$$\underset{\underline{I}}{C_6H_5-CH=CH-\underset{\underset{R}{|}}{C}=O}+4 \xrightarrow{HCl} \underset{\underline{II}}{C_6H_5-CH=CH-\underset{\underset{R}{|}}{C}=NH-N-\underset{\underset{N(CH_2CH_2)_2O}{|}}{C}=NH\cdot HCl}$$

$$R=H\cdot CH_3$$

Chart 1

$$\underset{\underline{2}}{H_2N\cdot NH-\underset{\underset{SCH_3}{|}}{C}=NH\cdot HI}+HN(CH_2CH_2)_2O \longrightarrow \underset{\underline{3}}{H_2N\cdot NHC=\underset{\underset{N(CH_2CH_2)_2O}{|}}{NH}\cdot HI}+CH_3SH\uparrow$$

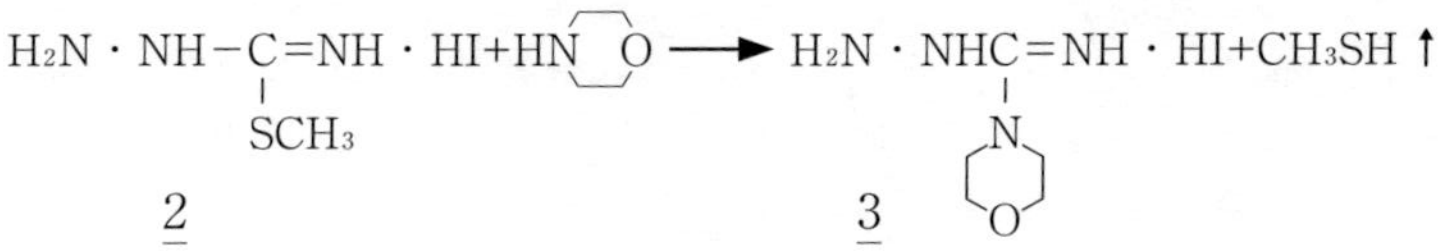

Chart 2

ドイツ語や英語の論文を読み解くのが苦手だったからだ。

温故知新の言葉通り、先人達の総説や論文を徹底的に勉強し、Chartのような合成経路を立案することができた。

この一連の反応経路では、市販品のヒドラジンからチオセミカルバジド1をつくり、1にヨウ化メチルを反応させてS－メチルイソチオセミカルバジドヨウ化水素酸塩2をつくる方法は、文献が存在していたので、問題なく合成できたが、最大の課題はChart 2に示したように、2にモルホリンを反応させて1－アミノ－2、2－アンヒドロビス（β－ヒドロキシエチル）グアニジンヨウ化水素酸塩3を作ることだ。

要するに、この反応経路のボトルネックは3の合成である。そこで、2とモルホリンの反応条件を徹底的に検討することにした。

とはいうものの、2とモルホリンを反応させる方法には、溶媒の種類や、原料のモル比を変えたり、温度を変化させたりと、その条件は無数にある訳で、それらを一つ一つ実験していく訳にはいかない。実際上不可能である。先ず常識的に行われる方法で、2の固体を溶解するエタノールを溶媒として等モルのモルホリンを加熱反応させる条件を実験したところ、メルカプタン臭がするので、反応したか、原料が分解したか明瞭でないので、反応物を処理してみたところ、確かに目的物が生成していることが分かったが、しかし低収率なのでそれでは、論文の提出〆切日、昭和三十八年二月十日までに間に合わせられない。

この溶媒を用いる方法を断念して、一気呵成、高収率で目的物3を得る条件はないものかと検討していたところ、一つの閃きが脳裡を去来した。それは、単純明快な「2の固体に直接液体のモルホリンを加えてみたら」と非常識とも思われるものだった。そこで、直ちに、その予備試験。

試験管に2を入れ、モルホリンを注加したところ、2が徐々に溶解した。そこで温浴で少々温めてみたところ激しく発泡してメルカプタンが発生した。その後、水道水で冷やしたところ直ちに反応液から結晶が析出した。その間僅か二、三分だった。確実に反応条件を確認できたので、次に、定量実験を実施した。

2の一・五倍モルのモルホリンを用いて十五分間反応させ、冷却後、無水エタノールを加えて残余のモルホリンを溶出し、結晶を口取したところ、目的の3を65%の好収率で得ることに成功しました。一瞬の閃きの成果だった。それは、私の指導霊が、苦悩している私にインスピレーションを与えたものと心底感謝をしている。

このような一瞬の閃きは、その後の二十年の研究生活で随所で見られたし、それらは、内外の特許権取得にも生かされている。

3のヨウ化水素酸塩は、ヨウ素の遊離で着色するので、重ソウ（重炭酸ナトリウム）と等モル反応させて、3の重炭酸塩4に変換させて使用することにした。勿論この4も新規化合物であり、極め付きの閃きであった。

こうして晩秋を待たずに、中間体4を合成することに成功したので、最終化合物IIは、等モルのカルボニル化合物と4とをエタノール中塩酸酸性下で反応させることによって好収率で最終目的物IIを合成することに成功した。こうして念願の研究論文をまとめることができるようになった。

いざ論文のまとめに着手したと思ったら、N・T先生から指導が入り、「特許出願」をするので、発明の明細書をまとめるようにとのこと。

N・T先生の話では、大学内の研究発表であっても特許審査では外部で発表したと見做されて、手続きが面倒になるというのである。

結局二件の新規化合物の発明とその製造方法の明細書をまとめて、日本国の特許庁に出願することになった。後に次の通りの特許権を取得することになった。

1、日本特許第５５４６６３号（１９６９年）

2、日本特許第５５４６６４号（１９６９年）

発明者、西村民男、徳　廣茂

なお、この研究は、日本化学会第十八～十九年会で講演発表をさせて頂いた。

更に、理大の卒研総合発表会でもIII研の代表として講演発表の栄誉に浴した。

こうして卒業研究論文も有終の美を飾ることができ、評価「秀」を頂き、卒業することになった。時に昭和三十八年三月だった。

高校教諭免許状
昭三八高二普第四四二四号（東京都教育委員会）

大学卒業を前に熟慮す

人生の節目節目には、後悔しないように、必ず立ち止まって熟慮するのが私の習性である。卒業研究も完成して、大学の卒業も確実にすることができたので、卒業目前に、今一度、過去から未来に向けて生き方を考えてみることにした。

高校時代に憧れた志は、自活で自立自興で大学に進学、化学の基礎勉強をして無借金で卒業することができたし、しかもその間に、下記のような資格等を取得することもできた。すなわち、①高校の教員の二級免許状、②危険物取扱主任者甲種全類の免許状、③国家公務員（五級）職試験に合格し、臨時雇員から正雇員として北研に就職出来たこと、④卒業研究において、新化合物の合成に成功し、日本国特許権二件を取得出来たこと、⑤化学者の専門家の集まりである（社）日本化学会の年次大会で講演発表したこと。等々。

苦学生時代には、悔いのない精一杯の自助努力を重ね、記念すべき成果を残すこともできた。そこでは、高校生では見えなかった自分の特性を見出すこともできた。

特に、卒業研究では、研究の醍醐味を覚え、私の心魂は、世間一般の方々とは異なり、世間的な立身出世には、余り喜びや興味を示さず、真理の探求に大きな喜びを示し、感化共鳴するように思われた。それが私の特性であると認識させられた。従って、今後の生き方についても充分に留意しなければならない点だろう。

高校時代の母の希望は、卒業したならば、母校の小中学の代替教員になることであったが、高校の教諭免許状も取得した今後は、高校の教員にも就任することができるようになったので、母の望む通り、帰省することもできるのであるけれども、それに従って帰省し、高校の教員になっても将来後悔をすることはないのかどうか、要するに、裸一貫で上京し、三年の放浪生活を経て、苦節七年の歳月を通して、不毛の都会に、やっと根を張ることが、できたのに、それを放り出して帰省してもよいのかという課題があった。

確かに帰省して就職すれば、母親は喜び、私も苦労性の親の孝行をすることもできるだろう。しかし高校時代にも感じていたように、鹿児島は明治維新を成就させたのであるけれども、旧態依然として、封建的で保守的な地域で、年功序列が重んじられ、出る杭を伸ばすどころか、打ち落とす地域であり、かつて小作農で貧困母子家庭であった次男坊などが浮かばれることはない。従って何の蟠りのない新天地の都会で、日本国内は兎に角にも世界に向けて羽ばたく方が最良と考えたものだ。

大学の勉学の中で、私が行き着いた志或いは希望は、「有機化学」の教育と研究者として、「日本国内は勿論、世界の化学界に飛躍する。」ということだった。この夢を将来に向けて実現するためには、どうしても引き続き、北研に止まるべきと考えられた。幸いに世の中は、高度経済成長期にあり、都会での生活基盤を築くこともできるし、一方先祖代々小作農であり、故郷で寄るべき財産と言うものもないので、有難い。ただ先祖代々の墓地があるが、それはすでに無縁仏にならないような対策を打っているので心配はなく、盆暮れに帰省して墓参りをすればよいだけである。

こうして最終的に北研に引き続き勤務させて頂くことにして、新たな就職活動を断念することにして卒業式を迎えることにした。

ただ、北研では、創立五十周年記念事業の一環として、昭和三十七年に（学）北里学園の教育事業を立ち上げていたので、近い将来には教師の道も拓かれる可能性もある。

そうなれば、母の希望も叶えられるであろうと考えていたし、生活基盤が確立されれば呼び寄せて親孝行することも可能と考えた。

東京理科大昼夜間生合同卒業式

昭和三十八年三月の卒業式は、忘れることのできない記念すべき式典であった。

高校卒業後、紆余曲折はあったけれども、苦節七年の歳月を要し迎える念願の大学の卒業式であると同時に、苦学生という、学生と社会人としての二足の鞋から、本格的な社会人としての新たな出発点とも言うべき尊い儀式でもあると思われた。

その日は、朝から何だか清々しい気分だった。式は、お隣の主婦の友会館であったと思うが、全学部の合同式典が挙行されてから、卒業証書は、各学部長から個別に授与されたように思う。私は卒業証書と一緒に高校の教諭二級普通免許状も授与された。

とても達成感に充ちた日で、これまでに経験したことのない達成感で充ちた幸福な気分で一杯だった。

そのために、過去の災いは、全て払拭されたように感じられた。大学の四年間で取得した総単位は一六六単位だった。その中で卒論は「秀」の評価だった。

式典は午前中をもって終了し、解散となったが、在学中から懇意にしていて仲良かった、山形県出身で物理学科の学生、宍戸博さんと二人で、祝杯を挙げようと約束の計画をしていたので、普段は飲んだこともない、当時流行のウイスキー、ワイン及びビール等と摘（つま）みなどの食物を買い求めて彼の下宿（場所がどこだったのか、全く記憶にない。）で、一夜を飲みながら語り明かした。

ところが、普段は飲んだことのないアルコール類を意気投合してチャンポンで飲んでしまったので、酔いが忽ち回り、その後に激しい頭痛や嘔吐に見舞われ、これが俗に言うところの「二日酔い」と知った次第である。強烈な卒業式の想い出となっている。宍戸さんには、大変で迷惑をかけたと思いますが、翌日は、彼の下宿からどうして帰ったかも憶えがない。

それ以来、彼とは会う機会もなく過ぎているが、風の便りでは、山形県立米沢高校の物理の教諭として赴任したとは伝わっているが、又一度旧交を温めたいものだ。

「酒は百薬の長」という諺があるが、その飲み方が過ぎれば、「百害の長」というべきであると、大学の卒業式後に悟った次第である。

念願の就職へのミラクル三段飛び

昭和三十三年十一月、三年間の放浪生活から抜け出して（社）江戸川工場協会に本社員として入社したのを踏み台として東京理科大学の理学部（夜間）に入学した私は、一年の教養課程を修了後、二年の専攻課程に進級することになったが、私は在学中に高校の教諭資格と大学教育の集大成ともいえる卒業研究を履修したい希望を持っていた。そのためには専攻課程で、大学の特別認定制度の学生になることが、必須条件であることが判明したのだ。この制度は、大学が認定する研究・教育機関に昼間に就職して勉学に励む制度ですが、玉に瑕は、臨時雇いで給与が安く、苦学生にとっては生活が成立しないことである。しかし、私は、自分の長年の希望を叶えるためには、敢えて挑戦することを決断し、大学側に紹介をして頂くことにした。

その結果、（社）北里研究所化学部に臨時雇いとして日当三百円で就職することとなった。確かに勉学するには、本望の職場だったけれども、三ヶ月程で金欠病になり、ライフラインが立ち行かなくなった。ところが、天からの命綱のような、危険物取扱主任者の免許状が活用されるような、「危険物取扱主任者」の講習会の派遣講師の話が舞い降り、講師を務めることになり、急場の金欠病は、解決することになった。その後は、関東甲信越国家公務員試験を受験する機会に恵まれて、それに合格し、農林技官としての道が拓かれたが、それを契機として北研では臨時雇員から本雇員に格上げ雇用となり、社会保障も完全享受できるようになり、人並みの生活ができるようになった。私にとっては、協会時代の経済状況を完全に取り戻すことができた。北研に就職して一年足らずの期間だった。昭和三十五、六年と言えば、日本の高度経済成長の初期であったと思う。その後は後顧の憂いもなく北研での研鑽に励みながら貧困母子家庭を立て直して、微力ながら先祖孝行や親孝行を果たし、後進の高校教育にも力を貸すことができ、又、自分の幼少からの慢性中耳炎も治療して悪病魔からも解放された。

この時点までを北研における「ミラクル三段飛び」の第一段階（ホップ）とします。

さて、続く、ステップの第二段階である。

理大の有機化学実験の履修は、北研での研修により認定されたので、大学での履修時間には、教育実習を履修することが可能となり、目出度く、教員資格を取得することができた。更に、四年時には、念願の卒業研究論文に挑戦することになった。その結果は、北研から授かった研究テーマの解決に成功し、新化合物の合成にも成功した。それは、単なる卒業研究に止まらず、日本国特許庁の特許権を取得することもできたし、専門家の集う日本化学会の年次大会でも二度に亘って講演発表させて頂いたし、更に、大学内で昼夜合同卒業生の総合研究発表会では、Ⅲ研加藤研の代表として講演発表させて頂き、誠にハッピーな研究だった。

卒業論文の評価は、最高位の「秀」を頂き、大学の集大成としての教育を締めくくった。

ここまでが、第二段階のステップである。

こうして、自力で無借金で夜間大学を卒業したのだが、夜間大学で教員資格を取得して、故郷の高校教員の道も拓けた。熟慮の末に、北研に骨を埋める決断を下したが、時は、昭和三十八年四月である。

昭和三十七年四月に北研の創立五十周年記念事業の一環として設立された（学）北里学園、北里大学衛生学部化学科の教員として卒業の翌年の昭和三十九年四月には、助手を北研から拝命し、北研から転勤することになった。卒業研究では、研究の醍醐味を噛み締めたこともあったけれども、世間一般で言うところの立身出世には、余り共鳴をせず、真理の探究に共鳴するような内観であったので、この転勤は誠に本望で、たとえ助手であっても感謝に堪えないのである。

これが、ミラクル三段目の大ジャンプである。

貧困母子家庭で南海の孤島から裸一貫で未知の都会に出てきて、自活で自立自興で、ここまでやっと辿り着いた。

いよいよ、社会人としての活躍が楽しみである。

〈ミラクル三段飛び〉

昭和33年11月（社）江戸川工場協会入社（正社員）

←

昭和34年4月東京理科大学理学部（夜間部）入学

← ホップ（第一段）

昭和35年4月（社）北里研究所化学部入社（臨時雇員）

←

昭和36年4月（社）北里研究所化学部（本雇員）

← ステップ（第二段）

昭和38年3月東京理科大学卒業、北研に継続就職

↓　ジャンプ（第三段）

昭和39年4月（学）北里学園、北里大学衛生学部化学科転勤（助手拝命）

著者プロフィール

徳 廣茂（とく ひろしげ）

生年・出身：1937年生まれ、鹿児島県奄美大島宇検村出身

学歴：県立大島高校、東京理科大学理学部（Ⅱ）化学科卒業

職歴：（社）江戸川工場協会、（社）北里研究所、（学）北里学園：
北里大学（前）衛生学部化学科有機化学研究室
北里衛生科学専門学院、湘央医学専門学校
（財）北里環境科学センター、（社）奄美振興研究協会、（有）アイジ社

取得資格：①危険物取扱主任者「甲種全類」
②特許診断士（化学）発明学会認定
③高校教諭免許理科（化学）二級（東京都教育委員会）
④学術博士（北里大学）論文；Amidinohydrazone類の合成と抗ウイルス活性に関する研究　徳　1984年

著書等：①臨床検査技師を目指す人々のための"生化学"徳・吉井共著　技報堂出版（株）1981年
②生物資源の王国「奄美」徳　技報堂出版（株）2000年

ひろげの立身出世物語

2021年6月15日　初版第1刷発行

著　者　徳 廣茂
発行者　瓜谷 綱延
発行所　株式会社文芸社
〒160-0022　東京都新宿区新宿1－10－1
電話　03-5369-3060（代表）
03-5369-2299（販売）

印　刷　株式会社文芸社
製本所　株式会社MOTOMURA

ISBN978-4-286-22231-8